Klarant Verlag

AF285499

Die gebürtige Ostfriesin *Sina Jorritsma* aus der Krummhörn studierte in Hamburg Germanistik und Philosophie, bevor sie wieder in ihre Heimat zurückkehrte. Sie veröffentlicht unter Pseudonym, weil sie ihre Umgebung genau beobachtet und Ereignisse aus ihrem Leben in ihre Geschichten einfließen. Das Romaneschreiben ist ihr kleines Geheimnis, das nur wenige Menschen kennen. Bei einer großen Kanne Ostfriesentee mit Sahne und Kluntjes kann sie halbe Nächte durchschreiben, tagsüber hält sie sich mit Joggen fit. Sina Jorritsma lebt mit ihrer Familie in einem kleinen Ort bei Emden.

Sina Jorritsma

Friesenpolizistin

Ostfrieslandkrimi

Klarant Verlag

Copyright © 2023 Klarant GmbH, 28355 Bremen
Klarant Verlag, www.klarant.de – www.ostfrieslandkrimi.de
ISBN: 978-3-96586-853-3
1. Auflage 2023
Umschlagabbildung: Klarant Verlag

Kapitel 1

Kommissarin Mona Sander von der Polizei Borkum blickte auf einen ereignisreichen Sommer zurück. Am 1. September neigte sich die Hauptsaison auf der beliebten Nordseeinsel allmählich dem Ende zu. Die Verstärkungskräfte vom Festland, mit denen die kleine Wache jedes Jahr von Juni bis August zusätzlich bemannt wurde, waren wieder abgezogen. Die rotblonde Ermittlerin hatte ihren frühmorgendlichen Spaziergang mit ihrer Dogge Rufus hinter sich gebracht und radelte zum Dienst. Die Sonne färbte die Wolken über dem Nordsee-Horizont malvenfarben, aber es sah nicht nach Regen aus. Mona erreichte die Polizeiwache pünktlich, schloss ihr Fahrrad ab und betrat ihr Arbeitszimmer, dass sie sich mit Oberkommissar Enno Moll teilte. Ihr Kollege war bereits anwesend. Sie lächelte ihm zu und öffnete den Mund, um wie üblich mit »Moin« zu grüßen. Doch das Wort blieb ihr im Hals stecken, als sie seinen Gesichtsausdruck bemerkte. Normalerweise war der große und stämmige Ostfriese die Gelassenheit in Person. Seine tiefenentspannte Art bildete einen starken Kontrast zu Monas Temperamentsausbrüchen, die beiden Kriminalisten ergänzten einander geradezu perfekt. Doch an diesem Morgen war Enno so bleich wie ein Blatt Papier, und er trug eine Begräbnismiene zur Schau. Die Kommissarin runzelte die Stirn. Sie und der erfahrene Kriminalist lösten die Mordfälle, die sich auf der Insel ereigneten. Daher waren sie an Todesnachrichten gewöhnt. Doch jetzt musste sich etwas ereignet haben, das dem Ostfriesen ganz besonders an die Nieren ging.

»Was ist passiert?«, fragte Mona. Sie merkte selbst, dass sich ihre Stimme belegt anhörte. Enno hielt sein Smartphone in der Hand. Er erwiderte: »Gut, dass du hier bist, ich wollte dich gerade anrufen. - Eine Frauenleiche wurde am Strand gefunden.« Er machte eine kurze Pause und fügte hinzu: »Eine Kollegin.«

Die Kommissarin bekam weiche Knie. Die Entdeckung einer Toten, die vielleicht durch Fremdeinwirkung sterben musste, war nie ein freudiges Ereignis. Das galt doppelt und dreifach, wenn man das Opfer kannte. Mona fühlte sich, als ob ein Ziegelstein quer in ihrer Kehle stecken würde. Trotzdem musste sie die Frage stellen, die ihr auf der Zunge lag: »Wer ist es?«

Der Oberkommissar antwortete: »Ich weiß es noch nicht. - Lass uns gleich losfahren. Grietje und Hinderk sind schon am Weststrand und sperren die Fundstelle ab, der Arzt wird auch bald dort erscheinen.«

Mona nickte. Obwohl sie bereits daheim in ihrer Wohnung an der Walfangerstrate ihren Morgentee getrunken hatte, fühlte ihr Mund sich plötzlich staubtrocken an. Die Kommissare verließen die Wache durch den Ausgang zum Hof und stiegen in ihren Dienstwagen ohne Polizeimarkierung. Enno startete den Motor. Obwohl die Fahrt durch das Borkumer Ortszentrum nur wenige Minuten dauerte, wurde die bedrückende Stille für Mona unerträglich: »Wer hat den Fund gemeldet?«

»Eine Urlauberin, ihr Name ist Jutta Lindau«, lautete die wortkarge Antwort. Wenig später hatten sie das Ende der Fahrstraße erreicht. Der Streifenwagen, den Grietje Smit und Hinderk Ekhoff benutzten, war bei dem Altglascontainer kurz vor der Dünenkuppe abgestellt. Enno parkte direkt dahinter. Die Ermittler stiegen aus und eilten auf dem schmalen Bohlenweg zum Strand hinunter. Sie befanden sich hier am nordwestlichsten Punkt Deutschlands. Unmittelbar am Spülsaum der Nordsee lag ein Körper, der von einer schwarzen Kunststoffplane bedeckt war. Daneben standen die beiden uniformierten Polizisten mit einer ungefähr sechzigjährigen Zivilistin. Grietje Smit war normalerweise immer zu einem Scherz aufgelegt, aber an diesem Morgen nickten sie und ihr Kollege den Kommissaren einfach nur zu. Enno wandte sich an die grauhaarige Dame, wobei er seinen Dienstausweis zeigte. Sie trug Jeans, einen Anorak und feste Schuhe – ein typisches Outfit für Borkum-Touristen außerhalb der heißesten Sommermonate.

»Moin, ich bin Oberkommissar Moll. Das ist Kommissarin Sander. - Sie sind Frau Lindau?«

»Ja, ich mache hier auf der Insel Urlaub. Und ich gehe morgens gern am Strand spazieren, weil es da so schön ruhig ist. Heute kam ich aus Richtung Bismarckstraße, ich wollte zum Ostland hochwandern. Da ist mir dieses blaue Kleiderbündel in der Brandung aufgefallen. Ich dachte erst an Textilien, die vielleicht von einem Schiff aus über Bord geworfen wurden. Aber beim Näherkommen sah ich, dass es in Wirklichkeit ein Mensch war ... eine Polizistin ...«

Während Enno mit der Melderin sprach, konnte Mona ihren Blick nicht von der Kunststoffplane abwenden. Wer wohl darunter lag? Am einfachsten wäre es gewesen, die Abdeckung zu heben. Doch die

Kommissarin scheute davor zurück, obwohl es sich früher oder später nicht vermeiden lassen würde. Grietje schien zu spüren, was in ihr vorging. Die junge sommersprossige Polizistin ging zu Mona hinüber und legte eine Hand auf ihre Schulter: »Es ist keine Kollegin von der Inselwache, auch nicht von den Unterstützungskräften – falls das ein Trost ist.«

Das war es natürlich nicht wirklich, trotzdem fühlte die Ermittlerin eine gewisse Erleichterung. Natürlich war jeder gewaltsam ums Leben gekommene Mensch einer zu viel – egal, ob es sich um einen Polizeibeamten handelte oder nicht. Aber die Ermordung einer Person aufklären zu müssen, mit der man vielleicht seit Jahren zusammengearbeitet hatte, stellte eine ganz besondere Herausforderung dar. Zumindest dachte Mona so. Dank Grietjes Information konnte sie sich nun dazu durchringen, einen Zipfel der Plane anzuheben. Ihr Pulsschlag beschleunigte sich. Die Tote trug eine niedersächsische Polizeiuniform, allerdings fehlte das Namensschild auf dem linken Teil der blauen Bluse. Mona hatte die Frau noch niemals gesehen. Sie war schätzungsweise Mitte bis Ende zwanzig. Laut den Rangabzeichen handelte es sich um eine Polizeiobermeisterin. Die Kriminalistin schlug die Plane noch weiter zurück. Das Koppel fehlte – somit auch die Dienstwaffe, die Handschellen, das Handfunkgerät, das Pfefferspray und der Schlagstock. Äußere Verletzungen waren auf den ersten Blick nicht festzustellen. Lag überhaupt ein Tötungsdelikt vor? Dies würde sich nach einer medizinischen Begutachtung gewiss herausstellen. Die Tote konnte nicht lange im Wasser gelegen haben. Mona hatte in der Vergangenheit bereits mehrfach Leichen untersuchen müssen, die länger den Elementen im Meer ausgesetzt gewesen waren. Die Kommissarin bedeckte den Körper erst einmal wieder mit der Plane. Enno hatte inzwischen die Aussage der Melderin aufgenommen.

»Vielen Dank für Ihre Unterstützung, Frau Lindau«, sagte er zu der Urlauberin. »Ihre Anwesenheit ist nicht länger nötig. Ich habe ja jetzt Ihre Mobilnummer, falls es noch Fragen geben sollte.«

»Ich hoffe, dass Sie den Mörder Ihrer Kollegin schnell finden.«

Mit diesen Worten verabschiedete sich die Touristin und eilte Richtung Ostland davon. Aus Richtung Dünen näherte sich nun eine wohlbekannte Gestalt. Der junge glatzköpfige Mediziner Dr. Siemers arbeitete im Stadtkrankenhaus Borkum und war außerdem oft als Notarzt unterwegs. Daher hatten die Kommissare viel mit ihm zu tun.

Er begrüßte die Ermittler und die uniformierten Polizisten: »Moin allerseits. - Ich mache mich am besten gleich an die Arbeit.«

Dr. Siemers waren die ernsten Mienen der Beamten nicht entgangen. Und da er ohnehin kein Spaßvogel war, sondern seine Aufgaben sehr genau nahm, machte er sich sofort ans Werk. Die Beamten traten beiseite, um sich untereinander auszutauschen und ihn nicht zu stören.

»Wir müssen sofort mit dem Landeskriminalamt Kontakt aufnehmen und herausfinden, ob irgendwo in unserem Bundesland eine Polizeiobermeisterin vermisst wird«, sagte Mona. Enno nickte: »Das sollten wir tun. Die Kollegin trug Uniform, als sie ums Leben gekommen ist. Also muss dies während eines Einsatzes geschehen sein. Ich kann mir nicht vorstellen, dass ihr Vorgesetzter mit unvollständiger Mannschaft zu seiner Dienststelle zurückgekehrt ist. Und wenn doch, dann müsste längst eine Suchmeldung existieren.«

»Ihr Koppel fehlt, mitsamt Dienstwaffe«, warf Mona ein, »entweder hat der Mörder es ihr abgenommen oder es ist aus Gründen, die wir noch nicht kennen, verschwunden.«

»Wobei noch nicht gesagt ist, dass überhaupt ein Tötungsdelikt vorliegt«, schränkte der erfahrene Kriminalist ein, »zunächst sollten wir nichts ausschließen.«

Die Kommissarin war froh, dass ihr Kollege offenbar den ersten Schock überwunden hatte und jetzt für ihn die Aufklärung des Falls im Vordergrund stand. Und sie selbst? Als sie den ersten Blick auf die Leiche geworfen hatte, war sie für einen Moment zu keinem klaren Gedanken fähig gewesen. Und das lag einfach daran, dass Mona selbst es hätte sein können, die dort tot im Sand lag – zumindest dann, wenn die Fantasie mit ihr durchging. Doch solche Vorstellungen brachten überhaupt nichts. Und darum gab es nur eine Möglichkeit: Das Rätsel so schnell wie möglich zu lösen. Dr. Siemers hatte die erste Untersuchung abgeschlossen und kam zu den Kommissaren herüber: »Die Frau ist ertrunken, so viel steht bisher fest. Ob Fremdeinwirkung im Spiel war, wird sich erst nach der Obduktion herausstellen.«

»Können Sie den Todeszeitpunkt genauer eingrenzen?«, wollte Mona wissen.

»Vermutlich irgendwann zwischen Mitternacht und sechs Uhr früh«, erwiderte der Mediziner, »Sie haben ja selbst gesehen, dass der Körper so gut wie intakt ist. Er kann nicht allzu lange im Wasser gelegen haben.«

Die Kommissarin bedankte sich bei dem Arzt. Dr. Siemers stellte einen vorläufigen Totenschein aus und verabschiedete sich. Enno telefonierte bereits mit einem Bestatter, um den Transport des Leichnams zum gerichtsmedizinischen Institut Oldenburg zu organisieren.

»Sobald die sterblichen Überreste fortgeschafft wurden, könnt ihr abziehen«, sagte Mona zu Grietje. »Der Leichenfundort ist offensichtlich nicht der Tatort, man ertrinkt im Meer und nicht in der Brandung.«

»Also geht Dr. Siemers von einem Unfall aus?«, vergewisserte die junge Polizistin sich.

»Das ist zumindest eine Möglichkeit – aber du weißt so gut wie ich, dass man auch bei einem Tod durch Ertrinken nachhelfen kann«, erwiderte die Kommissarin.

»Für mich steht nur eins fest: *Ich* gehe nicht in voller Uniform baden«, gab Grietje zurück, »da fällt es mir doch schwer, an eine natürliche Todesursache zu glauben.«

Damit hatte sie natürlich recht. Mona sagte: »Wir werden jetzt versuchen, die Identität der Toten zu ermitteln. Das kann ja nicht so schwer sein, denn die Anzahl von Polizeiobermeisterinnen in Niedersachsen ist begrenzt.«

Die Kommissare verabschiedeten sich von ihren uniformierten Kollegen und kehrten zu ihrem Dienstwagen zurück.

»So leicht ertrinkt man nicht«, dachte Enno laut nach, während er die Fahrertür öffnete, »und eine Polizeibeamtin sollte eigentlich schwimmen können.« Mona ergänzte: »Angenommen, die Kollegin ist auf einem Schiff oder einem Boot über Bord gegangen. Dann muss doch jemandem auffallen, dass sie fehlt.«

Der Oberkommissar meinte: »Ja, richtig. Es sei denn, dass die anderen Personen für ihren Tod verantwortlich sind. Dann werden sie natürlich keinen Alarm geben, sondern die Tat vertuschen. Oder es zumindest versuchen.«

»Grundsätzlich ist es aus Verbrechersicht eine gute Idee, eine Person über Bord zu werfen und dadurch umzubringen«, überlegte Mona, »und oftmals werden solche Leichname nie gefunden. Wer für die Tat verantwortlich ist, kannte allerdings die Strömungsverhältnisse in der Außenems nicht. Wenn der Mörder gewusst hätte, dass die Kollegin an unseren Strand geschwemmt wird, hätte er sie gewiss an einer anderen Stelle verschwinden lassen.«

»Dann gehst du also von einem Tötungsdelikt aus?«

»Grietje hat es auf den Punkt gebracht, Enno: Keine Polizistin geht in ihrer Uniform schwimmen.«

Während der Fahrt zur Wache hingen die beiden Kommissare ihren Gedanken nach. Sie meldeten sich umgehend beim Dienststellenleiter, um ihn zu informieren, und erstatten ihm in seinem Büro Bericht. Hauptkommissar Hinrich Oltbeck nahm Gewaltverbrechen auf »seiner« Insel äußerst ernst. Er hätte sich vermutlich die Haare gerauft, wenn er nicht komplett kahl gewesen wäre.

»Das ist eine äußerst heikle Angelegenheit. - Haben Sie bereits einen Ermittlungsansatz?«

»Da die Kollegin in Uniform aufgefunden wurde, muss sie während eines Einsatzes verschwunden sein«, vermutete Mona, »ich selbst trage jedenfalls in meiner Freizeit keine Dienstmontur.«

Da die Kommissare normalerweise als Zivilfahnder unterwegs waren, hatte die Ermittlerin auch während der Arbeit selten ihre Uniform an. Ihr normales Outfit bestand aus Kapuzenjacke, Jeans, Rollkragenpullover und festen Schuhen mit Profilsohle. Oltbeck sagte: »Ja, da müssen wir ansetzen. Ich werde die Polizeileitung kontaktieren. Sobald ich ein Ergebnis habe, gebe ich es an Sie weiter.«

Mona verstand, dass man auf diese Weise vorgehen musste. Allerdings missfiel ihr, dass sie und Enno momentan gar nichts tun konnten. Solange sie keine weiteren Informationen hatten, waren sie zur Untätigkeit verdammt. Nachdem die beiden das Chefbüro verlassen hatten, machte sie ihrem Unmut Luft: »Normalerweise bin ich ja immer auf Oltbeck sauer, weil ich seine Entscheidungen nicht nachvollziehen kann. Aber diesmal trifft ihn keine Schuld. An seiner Stelle wäre ich auch nicht anders vorgegangen.«

Enno nickte langsam und sagte: »Wir sollten uns nicht zu früh darauf einschießen, dass die Kollegin auf einem Schiff über Bord gegangen ist. Es wäre genauso möglich, dass jemand sie hier auf der Insel getötet und am Strand deponiert hat, um Verwirrung zu stiften und von sich abzulenken.«

Die Kommissarin musste zugeben, dass sie an diese Möglichkeit nicht gedacht hatte. Wieder einmal bewies der Ostfriese seinen Weitblick und seine große Erfahrung. Doch solange sie den Namen der toten Polizistin nicht kannten, waren weitere Ermittlungen kaum möglich. Oder?

Der Oberkommissar schien jedenfalls nicht vorzuhaben, auf weitere Informationen zu warten: »Dank Dr. Siemers können wir ungefähr einschätzen, wann das Opfer ertrunken sein muss. Wir sollten die Küstenwache um Amtshilfe bitten. Von den Kollegen können wir erfahren, welche Schiffe und Yachten während der Nacht Borkum passiert haben. Wie heißen die Eigner? Ist einer von ihnen schon einmal durch kriminelle Aktivitäten aufgefallen? Die Tote trug eine Uniform, das ist auffällig. Hat jemand etwas bemerkt?«

Mona nickte: »Ja, in den Taschen der Frau befand sich kein einziger Gegenstand. Grietje hat sie sorgfältig durchsucht. Und die Ringe und Armreifen sind billiger Modeschmuck, ähnliche Exemplare gibt es massig in Ramschläden zu kaufen. Jemand wollte offenbar die Identität der Leiche verschleiern.«

Der Oberkommissar schüttelte den Kopf: »Das denke ich auch, dabei ist der Täter aber dilettantisch vorgegangen. Das Namensschild an der Bluse zu entfernen ist eine Sache. Aber wenn nicht herausgefunden werden soll, dass es sich um eine Polizistin handelt, hätte man den Körper besser komplett entkleiden sollen. Warum hat man es nicht getan?«

»Weil sie noch gelebt hat, als sie ins Wasser fiel oder gestoßen wurde«, vermutete die Ermittlerin. Sie fuhr fort: »Bevor wir darüber spekulieren, sollten wir das Obduktionsergebnis abwarten. Vielleicht wurden ihr Betäubungsmittel eingeflößt, so dass sie sich gar nicht wehren konnte. Wie gesagt – äußere Verletzungen waren auf Anhieb nicht zu erkennen.«

Bevor Mona weitersprechen konnte, klopfte es an der Tür. Gleich darauf trat Oltbeck ein. Die Kommissarin hob ihre Augenbrauen. Es kam selten vor, dass der Chef sich in das Dienstzimmer seiner Untergebenen bemühte. Dafür musste es einen besonderen Anlass geben. Aber es war ja auch ein außergewöhnlicher Fall. Diese Annahme wurde durch die folgenden Worte von Oltbeck noch unterstrichen: »In Niedersachsen wird zum jetzigen Zeitpunkt definitiv keine Polizeiobermeisterin vermisst. Aber es gibt nun eine solide Theorie, woher die Uniform stammt: Bei einer jungen Kollegin in Diepholz wurde vor fünf Tagen in ihrer Abwesenheit eingebrochen!«

Kapitel 2

Mona war ebenso verblüfft wie Enno. Der Ostfriese fragte: »Haben Sie genauere Informationen?«

Der Chef blickte auf einen Zettel, den er in der Hand hielt.

»Polizeiobermeisterin Marie Augustin macht momentan Urlaub in Portugal, an der Algarve. Als der Einbruch in ihre Wohnung gemeldet wurde, haben die Kollegen vor Ort vermutet, dass eine Uniform entwendet worden sein könnte. Es ist wohl am besten, wenn Sie selbst in Diepholz anrufen.«

»Das werden wir tun«, versicherte der Oberkommissar.

»Halten Sie mich bitte auf dem Laufenden.«

Mit diesen Worten schloss der Vorgesetzte die Tür wieder von außen. Einen Moment lang breitete sich Stille aus, als die Ermittler einander anschauten.

»Bin ich ein schlechter Mensch, weil ich mich freue, dass es keine Kollegin getroffen hat, Enno?«

»Nein, das finde ich nicht. Wir werden diesen Mordfall akribisch aufklären, genau wie jeden anderen auch. Aber nun bekommt die Ermittlung eine ganz andere Stoßrichtung, oder? Ich meine, wer klaut eine Uniform? Jemand, der Böses im Schilde führt. Wer sich als Polizistin verkleiden will, geht zu einem Kostümverleih. Solchen Monturen sieht man an, dass sie nicht authentisch sind – und das aus gutem Grund. Mit einer echten Polizeiuniform kann eine Verbrecherin hingegen viel Schaden anrichten.«

Mona erwiderte: »Ja, richtig – und damit wir besser durchblicken, sollten wir mehr über den Einbruch in Erfahrung bringen.«

Die Kommissarin rief nun bei der Polizeidienststelle in Diepholz an. Es dauerte nicht lange, bis sie mit Oberkommissar Lemke verbunden wurde. Er bearbeitete den Fall. Sie stellte sich vor und berichtete von dem Leichenfund am Strand. Der Diepholzer Kollege sagte: »Es scheint sich wirklich um eine von Frau Augustins Uniformen zu handeln. Sie wollte schon ihren Urlaub abbrechen, aber was hätte das genutzt? Dadurch wäre das Diebesgut auch nicht wieder aufgetaucht. Wir haben Frau Augustin Fotos von ihrem offenen Kleiderschrank geschickt. Sie konnte uns bestätigen, dass eine Uniform fort ist.«

»Wurden denn noch andere Gegenstände gestohlen?«, wollte Mona wissen.

»Nein, nichts weiter«, lautete die Antwort. Lemke fügte hinzu: »Die Kollegin bewahrt allerdings auch keine Wertgegenstände daheim auf, wie sie mir mitteilte. Ich bearbeite schwerpunktmäßig Einbrüche, und diese Tat war völlig untypisch. Die meisten meiner ‚Kunden‘ begehen Beschaffungskriminalität – sie interessieren sich nur für Bargeld, höchstens noch für Schmuck. Es würde solchen Dieben nicht einfallen, eine komplette Montur mitgehen zu lassen.«

»Also muss der Täter gezielt an einer Polizeiuniform interessiert gewesen sein – und zwar für eine Frau, die von Größe und Statur der Kollegin stark ähnelt. Die Uniform passt nämlich gut. Ich habe die Leiche gesehen und ihr Gesicht fotografiert. Ich würde Ihnen die Aufnahme gern zukommen lassen.«

»Das ist eine gute Idee, Frau Sander.«

Der Diepholzer Oberkommissar nannte seine Mailadresse, und Mona schickte ihm das Bild. Nachdem er es angeschaut hatte, sagte er: »Nein, da kann ich Ihnen leider nicht weiterhelfen. Allerdings ist die Unterwelt in unserer kleinen Stadt ziemlich überschaubar. Die meisten weiblichen – und männlichen – Kriminellen sind mir bekannt.«

Die Ermittlerin dachte laut nach: »Dies dürfte allerdings auch umgekehrt gelten. Hier auf Borkum wissen die meisten Einwohner, wer bei der Polizei arbeitet. Das wird bei Ihnen ähnlich sein. Ich stelle mir vor, dass es sich um eine Art ‚Auftragsarbeit‘ handelt. Vielleicht hat der Täter über private Kontakte herausgefunden, dass Marie Augustin im Urlaub weilt und man relativ gefahrlos bei ihr einbrechen kann. Es musste nämlich für sein Vorhaben eine Uniform sein, die unserer bisher noch unbekannten Leiche gut passt. Und das hat ja auch funktioniert.«

»Ich kann Ihnen die Mobilnummer der Kollegin geben«, bot Lemke an, »ich habe sie zwar schon gefragt, ob ihr in letzter Zeit etwas verdächtig vorgekommen ist, aber ihr fiel auf Anhieb nichts ein. Sie ist natürlich geschockt, weil bei ihr eingebrochen wurde. Es kann trotzdem nichts schaden, wenn Sie noch einmal mit ihr reden.«

»Ja, einen Versuch ist es wert«, stimmte Mona zu. »Von dem Leichenfund wird sie ja noch nichts wissen, oder?«

»Nein, ich habe ja selbst gerade erst davon erfahren, Frau Sander. Wir hatten Frau Augustin nur angerufen, um sie über den Einbruch zu informieren.«

Der Diepholzer Oberkommissar nannte die Telefonnummer der Kollegin. Mona bedankte sich und legte auf. Enno hatte alles mitgehört, da der Lautsprecher eingeschaltet gewesen war.

»Frau Augustin wird nicht begeistert sein, wenn sie erfährt, was mit ihrer Uniform passiert ist«, vermutete er.

»Ja, aber vielleicht hat sie eine Idee, wer es auf ihre Montur abgesehen haben könnte«, meinte Mona und tippte Marie Augustins Mobilnummer in die Tastatur ihres Smartphones. Es dauerte nicht lange, bis sich eine junge Frauenstimme meldete: »Hallo, wer ist da?«

Im Hintergrund war Stimmengewirr und Lachen zu hören, außerdem ertönte beschwingter Sommerpop. Die Polizeiobermeisterin schien sich ihren Urlaub in der Algarve nicht verderben lassen zu wollen.

»Moin, ich bin Kommissarin Sander von der Dienststelle auf Borkum. Es geht um die Uniform, die Ihnen entwendet wurde ...«

»Haben Sie den Diebstahl aufgeklärt?«, fragte Marie Augustin aufgeregt. »Ich wollte schon früher nach Hause fliegen, aber meine Kollegen meinten, dass ich ohnehin nichts ausrichten könnte. Meine Wohnungstür hat der Vermieter schon wieder in Ordnung bringen lassen. - Wie ist die Montur denn nach Borkum gelangt?«

»Dies versuchen wir gerade herauszufinden«, erwiderte Mona, »außerdem muss ich Ihnen leider mitteilen, dass in Ihrer Uniform eine weibliche Leiche steckte. Der Arzt geht von Tod durch Ertrinken aus, aber es könnte auch Fremdeinwirkung im Spiel gewesen sein.«

Diese Neuigkeit schien die Polizistin für einen Moment sprachlos zu machen. Nach einer kurzen Gesprächspause sagte sie: »Damit habe ich nicht gerechnet. Als ich von meinen Kollegen erfuhr, dass meine Uniform verschwunden ist, rechnete ich höchstens mit einem Delikt wie Amtsanmaßung.«

»Noch wissen wir nicht, ob die Person sich wirklich als Vollstreckungsbeamtin ausgegeben hat oder dies nur plante«, betonte die Kommissarin, »darf ich Ihnen ein Foto von der Leiche schicken?«

»Ja, bitte.«

Mona holte die Bilddatei aus ihrem Smartphone-Fotospeicher und jagte sie nach Portugal. Sie lauschte der munteren Geräuschkulisse, die so gar nicht zu einem Mordfall passte. Dann war Marie Augustins Stimme wieder zu hören: »Nein, das Gesicht sagt mir nichts. - Es ist ein bizarres Gefühl, eine Leiche in meiner Uniform zu sehen.«

»Das kann ich mir vorstellen. - Frau Augustin, wir vermuten, dass Sie gezielt bestohlen wurden. Diese Frau hat ungefähr Ihre Größe und Statur. Der Täter oder sein Komplize muss Sie also kennen und wissen, dass Sie Polizeibeamtin sind.«

»Das verstehe ich, Frau Sander – aber es gibt viele Menschen, die mich und meinen Beruf kennen. Ich wüsste nicht, wen ich verdächtigen sollte. Im Prinzip weiß halb Diepholz, dass ich Polizistin bin.«

»Aber über Ihren geplanten Urlaub werden nicht so viele Menschen unterrichtet gewesen sein, oder? Käme da jemand infrage, der vielleicht - auch unabsichtlich - verraten haben könnte, wie lange sie fort sind?«

Marie Augustin dachte laut nach: »In meiner Dienstgruppe wissen natürlich alle Bescheid, außerdem meine Familie und ein paar Freundinnen ... aber ich würde aus meinem Umfeld niemandem unterstellen wollen, dass er oder sie mit Kriminellen gemeinsame Sache macht.«

Mona erwiderte: »Natürlich nicht, das verstehe ich. Es würde mir genauso gehen. - Wollen wir so verbleiben, dass Sie noch einmal in aller Ruhe nachdenken? Sie haben ja jetzt meine Mobilnummer. Sie können mich jederzeit anrufen, falls Ihnen noch etwas einfällt.«

Damit war die Polizistin einverstanden. Nachdem die Kommissarin das Telefonat beendet hatte, sagte Enno: »Es muss kein Bekannter oder Verwandter sein, der dem Täter als Tippgeber gedient hat. Auch ein Nachbar würde infrage kommen ... solange wir die Identität der Toten nicht kennen, suchen wir nach der sprichwörtlichen Nadel im Heuhaufen. Aber falls die Frau schon einmal polizeilich in Erscheinung getreten ist, haben wir ihre Fingerabdrücke in der Datei. Und da die Leiche nicht lange im Wasser gelegen hat, dürfte ein Abgleich kein Problem darstellen.«

»Ja, das ist immerhin ein Lichtblick. - Mit wem hast du gerade gesprochen, während ich der Kollegin den Urlaub verderben musste? Mit der Küstenwache?«

Der Oberkommissar nickte: »Ja, sie schicken uns eine Aufstellung der Wasserfahrzeuge, die während des fraglichen Zeitraums auf der Außenems an Borkum vorbeigeschippert sind.«

»Die Frachter mit Kurs auf Emden oder Eemshaven werden wir schnell aussortieren können«, meinte Mona, »es ist unlogisch, dass ein aus China oder Brasilien kommendes Schiff die Frau an Bord gehabt haben könnte. Anders sieht es mit den Schiffen aus, die von unserer Küste aus in See gestochen sind. Und besonders gespannt bin ich auf die Freizeitkapitäne mit ihren Booten.«

Es dauerte nicht lange, bis Enno die Liste erhielt. Die beiden Kommissare arbeiteten parallel, um Zeit zu sparen. Sie glichen zunächst die Namen der Eigner mit den polizeilichen Datenbanken ab. Mona konnte einen Treffer verzeichnen: »Was hältst du von diesem Kandidaten, Enno? Die Motoryacht *Anna Traun* gehört einem gewissen Wilfried Traun. Ob er eine romantische Ader hat, weil er das Boot nach seiner Frau benannt hat? Vielleicht ist Anna ja auch seine Mutter, wer weiß. Fest steht: Er ist mehrfach vorbestraft, wegen Raubs und räuberischer Erpressung. Trauns letzte Haft liegt allerdings schon ein paar Jahre zurück, vielleicht ist er ja ein ehrlicher Mitmensch geworden.«

»Oder er hat sich eine neue Masche ausgedacht, bei der eine falsche Polizistin eine Rolle spielen könnte«, schlug Enno vor. Er fuhr fort: »Ich würde mir den Herrn gern vorknöpfen. Aber wir haben nichts gegen ihn in der Hand, um eine Vorladung zu rechtfertigen.«

»Vielleicht ist das ja gar nicht nötig«, meinte Mona und griff zum Telefonhörer. Sie erkundigte sich bei der Küstenwache nach der aktuellen Position der *Anna Traun*. Die Antwort auf ihre Frage gefiel der Kommissarin: Die Motoryacht hatte offenbar eine Vergnügungsfahrt durch das Wattenmeer gemacht und nahm nun wieder Kurs auf den Borkumer Hafen.

»Innerhalb einer Stunde werden wir den Kahn hier erwarten können«, sagte die Kommissarin zu ihrem Kollegen, nachdem sie den Hörer wieder aufgelegt hatte.

Kapitel 3

Die Kommissare fuhren in ihrem Dienstwagen zu den Kaianlagen hinunter. Enno bog nach links ab und parkte das Auto beim *Yachthafen-Restaurant.* Genau wie die anderen Ostfriesischen Inseln war Borkum ein beliebter Anlaufhafen für Freizeitkapitäne.

»Von der Terrasse aus haben wir die Hafeneinfahrt gut im Blick«, meinte die Ermittlerin beim Betreten des Lokals, »und während wir auf das Einlaufen der *Anna Traun* warten, könnten wir uns schon mal ein Mittagessen genehmigen.«

Sie wusste nämlich, dass ihr Kollege mit vollem Magen eindeutig besser in Form war. Daher wunderte Mona sich nicht darüber, dass ihr Vorschlag auf offene Ohren stieß. Auf der Außenfläche standen neben anderen Outdoor-Möbeln auch einige Strandkörbe. Die Kriminalisten nahmen in einem davon Platz. Sie schauten nun direkt auf die zahlreichen Segel- und Motoryachten an ihren Liegeplätzen. Enno bestellte die beliebte Currywurst mit Pommes frites, Mona begnügte sich mit einer Zwiebelsuppe. Während sie auf ihr Essen warteten, tranken sie alkoholfreies Bier. Die Kommissarin nahm einen Schluck und sagte: »Falls die Frau wirklich von Trauns Boot aus über Bord gegangen ist – ob nun mit Fremdeinwirkung oder durch einen Unfall – dann wird er sämtliche Hinweise auf ihre Anwesenheit bereits beseitigt haben.«

»Ja, das denke ich mir auch«, erwiderte der Oberkommissar, »denn selbst bei einem Unglücksfall würde der Eigner dieser Yacht nicht mit der Toten in Verbindung gebracht werden wollen. Dann müsste er nämlich erklären, warum eine Person in einer gestohlenen Uniform an Bord war. Und solche lästigen Fragen will er sich garantiert ersparen.«

»Wenn wir keine Hinweise auf ein geplantes oder vergangenes Verbrechen finden, wird das ein kurzer Besuch an Bord«, befürchtete Mona seufzend, »Trauns kriminelle Vergangenheit allein wird nicht reichen, um ihn festzunageln. Er kann mir Recht darauf verweisen, dass er seine Strafen verbüßt hat und nun ein gesetzestreues Leben führt.«

»Vielleicht stimmt das ja sogar, und er hat mit der Toten wirklich nichts zu tun«, gab Enno zu bedenken. Er fuhr fort: »Wenn wir die Yacht betreten, müssen wir improvisieren. Wilfried Traun kann nicht wissen, dass die Leiche am Borkumer Strand angetrieben wurde. Und wir sollten uns nicht in die Karten schauen lassen. Deshalb wäre es besser, wenn wir die Frau zunächst gar nicht erwähnen. Wir behaupten einfach, dass wir stichprobenartig hereinkommende Wasserfahrzeuge überprüfen. Immerhin ist die Seegrenze in nächster Nähe, und mit Drogendelikten hatten wir schon oft genug zu tun.«

Das war eine gute Idee, wie Mona fand. Plausibel wäre ein solcher Vorwand allemal; Borkum lag so weit vor der deutschen Küste, dass man auf der Insel im niederländischen Mobilfunknetz telefonierte. Und Fälle mit Rauschgiftschmuggel hatten die Kommissare schon öfter gelöst. Sie erinnerte sich an den Fall mit den beiden Brüdern, die als Tarnung für ihren Drogenimport einen Fischhandel gegründet hatten.

»Wenn mithilfe einer falschen Polizistin ein krummes Ding gedreht werden sollte, dann werden die Kriminellen diesen Plan nicht so schnell aufgeben«, dachte Mona laut nach. Sie fuhr fort: »Wenn sie eine neue Komplizin auftreiben und eine andere Uniform klauen, könnten sie ihr Vorhaben immer noch in die Tat umsetzen.«

»Es sei denn, das Verbrechen *wurde* bereits begangen«, überlegte der Ostfriese. »Wenn das Opfer selbst etwas zu verbergen hat, wird es keine Strafanzeige stellen. - Und falls die Tat bereits verübt wurde, wäre dies ein überzeugendes Motiv für den Mord: Die vermeintliche Polizistin wäre eine lästige Mitwisserin, die man besser für immer zum Schweigen bringt.«

»Mir wäre es lieber, wenn der Coup noch in der Zukunft liegen würde«, meinte Mona, »weil ich Verbrechen nämlich lieber verhindere, als aufkläre.«

»Das geht mir genauso, leider können wir es uns nicht aussuchen«, erwiderte Enno. Bevor er weitersprechen konnte, erschien die Serviererin mit dem Essen. Die Kommissare ließen es sich schmecken und genossen dabei die Aussicht. Enno wischte sich die Lippen mit einer Serviette ab und sagte: »Also, das nenne ich perfektes Timing. Zum Nachtisch kommt die *Anna Traun* in Sicht.«

Er hatte aus dem Auto ein Fernglas mitgenommen und damit alle paar Minuten den Horizont abgesucht. Nun reichte er den Feldstecher an Mona weiter. Sie stellte das Binokular auf ihre Sehschärfe ein und visierte das Wasserfahrzeug an. Enno hatte sich nicht getäuscht. Am Bug des weißen Kabinenkreuzers konnte man eindeutig den Namen lesen: *Anna Traun*. Bei der Yacht handelte es sich um ein älteres Modell, vielleicht dreißig oder vierzig Jahre alt. Das Boot wirkte gepflegt, soweit man es auf die Entfernung beurteilen konnte. Von der

Länge und den Aufbauten her bot es vermutlich Schlafplätze für vier bis fünf Personen.

»Ich bin gespannt, wen wir an Bord antreffen«, sagte Enno. Nachdem sie gezahlt hatten, gingen die Ermittler zum Yachthafen herunter. Es dauerte noch ein wenig, bis das Boot die Einfahrt passierte und wenig später anlegte. Ein ungefähr dreißigjähriger Mann in Shorts und einem Muskelshirt sprang auf den Pier und zurrte ein Tau an dem eisernen Poller fest. Nach Monas Meinung wirkte der Kerl eher wie ein Rausschmeißer in einem Nachtclub und weniger wie ein Seemann. Er wandte sich Enno zu, wobei er dessen Kollegin komplett ignorierte: »Moin, Sie müssen der Hafenmeister sein.«

»Falsch geraten«, erwiderte der Ostfriese und zeigte seinen Dienstausweis. »Ich bin Oberkommissar Moll, das ist Kommissarin Sander. Und Sie sind …?«

»Ich bin unschuldig«, erwiderte der Muskelmann mit einem breiten Grinsen.

»Ein Komiker, heute muss unser Glückstag sein«, rief Mona. »Aber auch ein Spaßvogel sollte einen gültigen Personalausweis besitzen. Und den hätten wir gern mal gesehen!«

»Und wenn ich dazu keine Lust habe?«, fragte der Unbekannte herausfordernd, wobei er auf die Kommissarin hinabblickte. Ihr war durchaus bewusst, dass ihre Körperlänge nur eins dreiundsechzig betrug – die Mindestgröße für Frauen im niedersächsischen Polizeidienst. Früher hatte sie es oft als Nachteil empfunden, zu vielen Menschen aufschauen zu müssen. Inzwischen betrachtete Mona ihre Größe nüchterner und sah es eher als Chance, von möglichen Widersachern unterschätzt zu werden. Dadurch hatte sie einen Vorteil, wenn es hart auf hart kam. Doch bevor der Zwist mit dem Fremden eskalieren konnte, erschien ein anderer Mann auf dem Achterdeck. Er war schätzungsweise Anfang sechzig und wirkte mit seinen welligen halblangen grauen Haaren und der randlosen Brille wie ein zerstreuter Professor in einer Komödie. Bekleidet war er mit einer weißen Jeans und einem marineblauen Polohemd.

»Gibt es ein Problem?«, fragte er.

»Nein, nur ein kleines Missverständnis«, erwiderte Enno mit einem freundlichen Lächeln. In bestem Beamtendeutsch fuhr er fort: »Die Borkumer Polizei führt stichprobenartige Überprüfungen von hereinkommenden Wasserfahrzeugen durch.«

»Wenn das so ist, dann wollen wir uns nicht querstellen«, sagte der Grauhaarige mit Nachdruck, wobei er den Muskelmann anschaute. »kommen Sie doch bitte an Bord.«

Er machte eine einladende Bewegung. Die Kommissare betraten das Achterdeck, gefolgt von dem starken Kerl. Der ältere Mann öffnete die Luke zur Kabine. Sie stiegen in den mit Holz getäfelten Wohnraum, dessen nostalgische Einrichtung ein weiterer Hinweis auf das Alter der Motoryacht war. An den Wänden hingen gerahmte Fotos von Segelschiffen und bärtigen Herren in Kapitänsuniform. Der ältere und der jüngere Mann zogen brav ihre Personalausweise hervor, nachdem alle rund um den im Boden verschraubten großen Tisch Platz genommen hatten. Die Ermittler notierten sich die Daten der Männer. Mona hatte sich bereits auf der Polizeiwache Wilfried Trauns Strafakte angeschaut. Seit seiner letzten Haftstrafe waren über zwölf Jahre vergangen. Sein Haar war ergraut, und er wirkte nicht mehr so blass wie auf seinen erkennungsdienstlichen Fotos. Enno wandte sich an den Älteren: »Herr Traun, Sie sind der Eigner dieser Yacht?«

»Ganz genau«, lautete die Antwort, »ich habe diesen Kabinenkreuzer nach meiner verstorbenen Ehefrau benannt. Ich wollte ihr dadurch ein Denkmal setzen.«

Er sprach diese Worte mit ernster Miene aus, wirkte aber nicht besonders niedergeschlagen. Mona wusste, dass jeder Mensch mit einem persönlichen Verlust anders umging. Außerdem war es möglich, dass Traun bereits seit längerer Zeit verwitwet war.

»Was machen Sie beruflich?«, wollte der Oberkommissar wissen.

»Ich bin in der Import-Export-Branche tätig«, antwortete Traun, »und dank meines Erfolgs kann ich mir gelegentlich eine Auszeit auf hoher See gönnen.«

Mona verkniff sich einen Kommentar. In diesem Geschäftsbereich gab es etliche »schwarze Schafe« - ganz zu schweigen von den Tätern, die ihre Firma ohnehin nur als Fassade für dunkle Machenschaften nutzten. Die Kriminalistin versuchte, sich ihren Verdacht nicht anmerken zu lassen. Sie schaute den Jüngeren an, der laut seinem Personalausweis Olaf Kress hieß: »In welchem Verhältnis stehen Sie zu Herrn Traun? Sind Sie befreundet oder bei ihm angestellt?«

Der Eigner ergriff das Wort, bevor Kress reagieren konnte: »Eigentlich trifft beides zu – nicht wahr, Olaf? - Er ist hier an Bord unverzichtbar, handwerklich äußerst geschickt und mit der Zeit ein echter Freund geworden. Ich habe ihn eingestellt, als Anna vor sechs Jahren verstarb und ich die Yacht kaufte.«

Während Kress sprach, klopfte er dem Jüngeren anerkennend auf die Schulter. Kress beschränkte sich darauf, dümmlich zu grinsen. Die Kommissarin vermutete, dass Kress nicht ohne Grund anstelle seines Angestellten ihre Frage beantwortet hatte. Bei dem Muskelpaket schien es sich nicht gerade um eine Geistesgröße zu handeln. Kress befürchtete wahrscheinlich, dass er sich um Kopf und Kragen reden könnte. Aus ihrer Sicht war es entlarvend genug, dass Kress gegenüber den Beamten provokant aufgetreten war, während Traun sich vom ersten Moment an als äußerst kooperativ präsentiert hatte. Professionelle Verbrecher machten selten den Fehler, durch auffälliges Verhalten die Aufmerksamkeit der Polizei auf sich zu ziehen.

»Befinden sich noch weitere Personen an Bord?«, erkundigte sich der Oberkommissar. Traun schüttelte den Kopf: »Nein, hier gibt es nur Olaf und mich. - Darf ich fragen, warum Sie gerade meine Yacht kontrollieren?«

»Wie mein Kollege schon sagte – es handelt sich um eine Stichprobe«, behauptete Mona. Sie ergänzte: »Hier in der Grenzregion haben wir öfter mit Drogenschmuggel zu tun. - Haben Sie etwas dagegen, wenn ich mich ein wenig umschaue?«

Dieses Vorhaben schien Kress überhaupt nicht zu gefallen, wie man seinem Gesichtsausdruck entnehmen konnte. Traun warf ihm einen warnenden Blick zu und erwiderte: »Tun Sie nur Ihre Pflicht. Wir haben nichts zu verbergen.«

Enno blieb mit den Männern am Tisch sitzen, um sie im Auge zu behalten. Mona rutschte aus der Sitzecke und ging in den hinteren Bereich des Raums, wo sich die abgetrennten Schlafkabinen befanden. Nur zwei von den vier Kojen waren mit Bettzeug bestückt, was Trauns Behauptung zu untermauern schien. Anscheinend waren wirklich nur er und sein Helfer an Bord. Doch dann entdeckte Mona in einer unbenutzten Kabine etwas, das ihren Puls in die Höhe schießen ließ: Ein Fläschchen mit Nagellackentferner! Sie musste sich zusammenreißen, um den Gegenstand nicht sofort in einen Beutel für Beweisstücke zu tun. Denn – was wäre durch das Fläschchen denn bewiesen? Traun konnte behaupten, früher einen weiblichen Passagier an Bord gehabt zu haben. Es wäre zweifellos cleverer, die beiden Herrn in Sicherheit zu wiegen. Trotzdem schaute die Kommissarin auch in den schmalen Kleiderschrank. Natürlich hingen keine Textilien

21

einer Frau darin – Kress und Traun hatten sie vermutlich längst über Bord geworfen. Mona atmete einmal tief durch und betrachtete ihr Gesicht in dem kleinen Spiegel, der über der Koje neben dem Bullauge an der Wand befestigt war. Sie versuchte, eine dienstlich-neutrale Miene aufzusetzen, und hoffte, dass die beiden Männer keinen Verdacht schöpfen würden. Nur Enno konnte sie nichts vormachen. Er kannte Mona besser, als die meisten Menschen es taten. Um den Schein zu wahren, überprüfte sie noch den letzten Schlafraum oberflächlich, fand dort aber keine weiteren Hinweise. Sie kehrte zum Tisch zurück, wo Traun sie prüfend musterte. Natürlich hätte Mona noch den Rest des Schiffs gründlich durchsuchen können, da es für Drogen üblicherweise raffiniertere Verstecke gab. Aber sie tat dies bewusst nicht, um den Verdächtigen in Sicherheit zu wiegen.

»Alles in Ordnung, keine Hinweise auf Kokain oder Marihuana«, erklärte sie mit aufgesetzter Munterkeit, »bitte entschuldigen Sie die Unannehmlichkeiten.«

»Dafür gibt es keine Ursache«, erwiderte Traun. »Wir freuen uns, dass die Borkumer Polizei für Sicherheit sorgt. - Nicht wahr, Olaf?«

Der Muskelmann rang sich zu einem Nicken durch. Sein Gesichtsausdruck ließ allerdings darauf schließen, dass er der Ermittlerin lieber den Kopf abgerissen hätte.

»Wollen Sie länger auf unserer Insel bleiben?«, fragte der Oberkommissar beim Abschied im Plauderton.

»Wahrscheinlich nur ein paar Tage«, lautete die Antwort des Eigners. »Wir wollen dann weiter nach Westen, Richtung Texel.«

»Wann sind Sie eigentlich zu dem Törn aufgebrochen, von dem Sie jetzt zurückgekehrt sind?«, wollte Mona wissen.

»Gestern Abend, gegen 20 Uhr. Mir stand der Sinn nach einer Mondscheinfahrt, im Grunde meines Herzens bin ich nämlich ein Romantiker«, behauptete Traun.

Die Kriminalisten gingen von Bord, ohne sich noch einmal umzudrehen. Mona glaubte, die Blicke der beiden Männer in ihrem Rücken zu spüren. Als sie außer Hörweite waren, fragte Enno: »Was hast du gefunden?«

»Eine Flasche mit Nagellackentferner.«

»Das gefällt mir überhaupt nicht«, brummte der Ostfriese. Seine Miene war außergewöhnlich ernst.

*

Eine halbe Stunde später saßen die Ermittler im Büro des Dienststellenleiters und erstatteten Bericht. Mona hatte kurz zuvor noch Olaf Kress' Namen durch die polizeilichen Datenbanken laufen lassen. Sie erklärte: »Auch Kress ist kein unbeschriebenes Blatt. Er hat in Hamburg wegen gefährlicher Körperverletzung eingesessen. Wahrscheinlich hat Traun ihn nicht nur wegen seiner *handwerklichen Begabung* eingestellt.«

»Das ist ja alles sehr aufschlussreich, Frau Sander und Herr Moll«, begann der Chef, »aber wo ist die Verbindung zu der Toten? Solange wir ihre Identität nicht kennen und einen Zusammenhang erkennen können wir gegen die Männer auf der *Anna Traun* nicht vorgehen.«

»Und wir wissen nach wie vor nicht, ob dieses saubere Duo bereits gemeinsam eine Straftat begangen hat oder dies erst plant«, erinnerte Mona, »daher sollten Sie umgehend eine Observierung der *Anna Traun* veranlassen, Herr Oltbeck.«

Die Kommissarin wusste genau, dass sie sich mit ihrem Vorschlag wieder einmal unbeliebt machen würde. Dennoch erschien ihr dies als die einzig machbare Maßnahme. Ihr Vorgesetzter schaute sie entsetzt an: »Wie stellen Sie sich das vor? Ihnen müsste doch bekannt sein, wie dünn unsere Personaldecke ist. Wir sind ja kaum in der Lage, die ständig anliegenden Aufgaben zu erfüllen. Wie soll ich unter diesen Umständen eine Beschattung rund um die Uhr organisieren?«

»Ich melde mich freiwillig!«, bot Mona an.

»Ihr Diensteifer in allen Ehren, aber die beiden Verdächtigen haben Sie doch schon gesehen! Die Gefahr, dass Sie auffliegen könnten, ist viel zu groß.«

Die Kommissarin rollte mit den Augen und erwiderte: »Dann teilen Sie mich eben nach Einbruch der Dunkelheit ein! Bei Nacht sind alle Katzen grau, wie es so schön heißt. Außerdem behalte ich nicht zum ersten Mal in meinem Leben einen Verdächtigen im Auge.«

Oltbeck trommelte mit den Fingerspitzen auf seine Schreibtischunterlage und schüttelte den Kopf: »Eine so umfangreiche Maßnahme aufgrund einer vagen Möglichkeit kann ich nicht verantworten. Ich kann Dampf machen, damit die Obduktion der Toten schneller über die Bühne geht. Aber Sie wissen so gut wie ich, dass eine Leichenöffnung mit größter Sorgfalt durchgeführt werden muss. Falls sich beispielsweise DNA-Reste von einem der beiden Männer unter den Fingernägeln der Frau nachweisen lassen, dann sieht die

Sache schon ganz anders aus. Die Chancen stehen gar nicht mal so schlecht, denn offenbar hat die Tote nicht allzu lange im Wasser gelegen.«

Mona fiel auf, dass Enno ungewöhnlich schweigsam war – sogar für seine Verhältnisse. Als gebürtiger Inselfriese neigte er ohnehin nicht zu weitschweifigem Geschwätz. Doch momentan fand sie seine Stille beinahe unheimlich. Dem Oberkommissar schien etwas durch den Kopf zu gehen, das ihn stark beschäftigte. Sie schaute zu ihm hinüber und fragte: »Was denkst du über eine Observierung?«

»Wir sollten alles in unserer Macht Stehende unternehmen, um diese beiden Männer nicht einfach schalten und walten zu lassen«, begann Enno, wobei er seine Worte stark betonte, »denn ich sehe nur zwei Möglichkeiten: Entweder war die verkleidete Tote an Bord der Yacht, dann könnte ihr der Nagellackentferner gehört haben ...«

Der Chef fiel ihm ins Wort: »Ja, aber wenn es nicht so gewesen ist? Einer der beiden Verdächtigen wird die Flüssigkeit wohl nicht benutzen, da sind wir uns gewiss einig. Trauns Gattin ist ja angeblich vor längerer Zeit verstorben, ihr wird das Zeug also auch nicht gehören. Wahrscheinlich gibt es eine ganz harmlose Erklärung.«

»Oder die Verdächtigen haben eine Bombe gebaut«, vermutete der Oberkommissar.

Kapitel 4

Einen Moment lang herrschte Ruhe im Chefbüro. Draußen auf der Strandstraße hörte man das fröhliche Lachen von Kindern. Mona wusste natürlich auch, dass man größere Mengen von Nagellackentferner benutzen konnte, um eine Höllenmaschine zu konstruieren. Sie ärgerte sich, dass ihr diese Möglichkeit nicht eingefallen war. Die Kommissarin war ganz auf die Rolle einer Verbrecherin in Polizeiuniform konzentriert gewesen. Der Chef schien jedenfalls nicht überzeugt zu sein: »Nun wollen wir mal die Kirche im Dorf lassen, Herr Moll! Eine Bombe? Ich dachte, Frau Sander hätte die Yacht durchsucht.«

»Ich habe mich einmal kurz in den Schlafkabinen umgeschaut, aber man kann den Sprengsatz natürlich noch an anderen Orten an Bord verstecken, zum Beispiel im Maschinenraum oder in der Bilge!«, platzte Mona heraus. Sie fügte hinzu: »Und während wir hier palavern, können Traun oder sein Muskelprotz an Land gehen und die Bombe irgendwo platzieren. - Ich weiß nicht, was dieses Duo im Schilde führt. Aber ich fühle, dass sie etwas Übles planen.«

Der letzte Satz war kaum über ihre Lippen gekommen, als sie erkannte, dass Oltbeck sich daran festbeißen würde. Und so war es auch: »Ihre Emotionen in allen Ehren, Frau Sander – aber aus dem Fund eines Fläschchens mit Nagellackentferner einen Sprengstoffanschlag zu konstruieren, ist selbst für Ihre Verhältnisse abenteuerlich.«

»Ich war es, der die Bombe ins Spiel gebracht hat.«

Mit diesem Satz wollte Enno seine Kollegin verteidigen, aber der Chef war nicht mehr zu bremsen: »Dann werden wir diese Yacht in Gottes Namen eben observieren – aber nur für 24 Stunden, länger kann ich dafür keine Einsatzkräfte entbehren. Und ich hoffe sehr, dass vor Ablauf dieser Frist gute Neuigkeiten aus Oldenburg kommen. Wenn wir erst einmal wissen, wer in dieser Uniform gesteckt hat, sind wir schon einen großen Schritt weiter.«

Der Dienststellenleiter griff demonstrativ zum Telefonhörer. Damit wollte er deutlich machen, dass die Besprechung beendet war. Mona schaffte es, für den Moment ruhig zu bleiben. Erst als die Ermittler wieder in ihrem Büro waren, platzte sie heraus: »Wahrscheinlich muss erst jemand die Musikkuppel in die Luft jagen, bevor Oltbeck an die Existenz einer Bombe glaubt!«

»Es ist ja nur eine Theorie«, beschwichtigte Enno, »außerdem sind Traun und Kress in meinen Augen keine Terroristen, sondern Verbrecher, die mit ihren Straftaten Geld verdienen wollen. Das tut man nicht, indem man wahllos Gebäude sprengt. - Wir sollten zunächst überprüfen, ob es vielleicht schon einen Anschlag in einem nahegelegenen Ort gegeben hat. Dann sind wir nämlich schon einen Schritt weiter.«

Das war eine gute Idee, wie Mona fand. Sie stürzte sich sofort auf die polizeilichen Meldungen der letzten Tage. Tatsächlich hatte es vor einer Woche im niederländischen Haarlem eine Explosion gegeben. Doch dort handelte es sich beim Täter um einen Ehemann, der sich am neuen Freund seiner Frau rächen wollte und dessen Haus zerstört hatte. Er saß bereits hinter Schloss und Riegel, es gab keine erkennbare Verbindung zum aktuellen Fall auf Borkum.

»Was hat Traun vor?«, dachte Mona laut nach.

*

Um Mitternacht hing der Mond tief über dem Nordsee-Horizont. Mona hockte am Yachthafen hinter einem Abfallcontainer und spannte ihre Muskeln systematisch an. Sie wollte sofort einsatzbereit sein, wenn es notwendig sein sollte. Darum war es wichtig, ihre Gliedmaßen geschmeidig zu halten. Seit sie Grietje vor zwei Stunden abgelöst hatte, konnte sie keine Bewegung an Bord der *Anna Traun* feststellen. Die Motoryacht schwojte an ihrem Liegeplatz. In der Kabine brannte Licht, also war zumindest einer der beiden Verdächtigen noch munter. Geduld gehörte nicht zu Monas stärksten Charaktereigenschaften. Doch bei einer Observierung musste man immer damit rechnen, dass sich über einen längeren Zeitraum absolut nichts ereignete. Die Kommissarin trug Jeans, Sneakers, eine Windjacke und eine Strickmütze, die sie sich bis zu den Augenbrauen heruntergezogen hatte – alle Textilien waren schwarz. Sie kam sich vor wie ein weiblicher Ninja.

Mona spähte angestrengt zu dem Kabinenkreuzer hinüber. Am liebsten wäre sie an Bord geschlichen, doch diesen Impuls musste sie unterdrücken. Sie würde in Teufels Küche kommen, falls man sie erwischte – und das mit Recht. Außerdem hielt sie Traun für gerissen. Er hatte einen einzigen Fehler begangen, indem er den Nagellackentferner nicht verschwinden ließ – vermutlich aus purer

26

Unachtsamkeit. Sie konnte nicht darauf hoffen, dass er sich einen weiteren Schnitzer erlaubte. Die Kommissarin streckte ihr linkes Bein aus, da es einzuschlafen drohte. Sehnsuchtsvoll dachte sie an ihren Freund, der momentan hinter der Theke seines Lokals *Nordsee Kajüte* stand und dort Bier zapfte. Jan Lummer befand sich keine fünfhundert Meter von ihr entfernt. Die Versuchung, in seiner Gesellschaft eine kurze Pause einzulegen, war groß. Aber natürlich gab Mona diesem Drang nicht nach. Wenn wegen ihrer Nachlässigkeit ein Verbrechen nicht verhindert werden konnte, hätte sie sich das niemals verziehen. Enno hatte pünktlich Feierabend gemacht – hauptsächlich, weil sie darauf bestanden hatte. In seinem Alter sollte man sich ihrer Meinung nach nicht mehr die Nächte um die Ohren schlagen. Und obwohl sie ihm dies nicht direkt gesagt hatte, war er auf ihren Vorschlag widerstrebend eingegangen.

Mona hielt unwillkürlich den Atem an, denn nun tat sich auf der *Anna Traun* etwas. Die Besatzungen der anderen Boote schienen sich schon zur Ruhe begeben zu haben, obwohl in einigen von ihnen ebenfalls noch Licht brannte. Es war nicht leicht, auf diese Entfernung Einzelheiten zu erkennen – zumal die Beleuchtung des Yachthafens zu wünschen übrig ließ. Aber Mona konnte nicht näher herankommen, ohne selbst bemerkt zu werden. Ihre Augen hatten sich an die Finsternis gewöhnt. Sie konzentrierte sich auf die Gestalt, die nun an Land sprang. Es handelte sich um Kress, daran hatte sie keinen Zweifeln. Seine Körpersprache war eine andere als die seines Herrn und Meisters. Was hatte er vor? Der Verdächtige bewegte sich auf die Kommissarin zu, was allerdings nicht verwunderlich war. Er musste an ihr vorbei, wenn er den unmittelbaren Hafenbereich verlassen wollte. Man benötigte zu Fuß ungefähr anderthalb Stunden bis zum Ortszentrum, mit dem Fahrrad schaffte man die Strecke innerhalb von zwanzig Minuten. Mit dem Auto ging es noch schneller, aber woher hätte Kress mitten in der Nacht einen PKW oder ein Zweirad hernehmen sollen? Allerdings hatte sie es mit einem Kriminellen zu tun, der gewiss keine Hemmungen haben würde, ein Fahrzeug aufzubrechen. Die Ermittlerin konnte sich nicht vorstellen, dass dies geschehen würde. Traun war möglicherweise ein Mann, der nichts dem Zufall überließ. Und man konnte nicht davon ausgehen, dass sein Handlanger ein passendes Auto finden würde. Aber wenn nun ein anderer Komplize einen fahrbaren Untersatz rechtzeitig bereitgestellt hatte? Diese Möglichkeit würde viel besser zu Monas Einschätzung von Traun passen. Während ihr diese Überlegungen durch den Kopf spukten, ging Kress an ihr vorbei. Sie roch sogar sein Rasierwasser. Mit ausgestrecktem Arm hätte sie ihn berühren können. Ob er schon zuvor auf Borkum gewesen war? Das wusste sie natürlich nicht. Fest stand, dass seine Bewegungen zielgerichtet waren. Er steuerte einen blauen Honda Civic an, der vor einem Lagerschuppen parkte. Kress bückte sich über den linken Vorderreifen. Vermutlich war dort der Zündschlüssel platziert worden. Während die Kommissarin ihn beobachtete, blieb sie nicht untätig. Er war jetzt ungefähr zwanzig Meter von ihr entfernt und drehte ihr den Rücken zu. Sie holte ihr Fahrrad, das sie in der Nähe unverschlossen gegen eine Mauer gelehnt hatte. Mit dem Auto würde er sie vermutlich problemlos abhängen können. Aber sie konnte zumindest versuchen, an ihm dranzubleiben. Kress stieg in den PKW und startete den Motor. Mona nahm über Funk Kontakt mit der Wache auf, während sie die Verfolgung begann. Natürlich schaltete sie die Rad-Beleuchtung nicht ein.

»Der Verdächtige Kress fährt in einem blauen Honda Civic auf der Reedestraße Richtung Ortskern«, berichtete sie mit gedämpfter Stimme. »Ich strampele auf dem Fahrrad hinterher, aber ich weiß nicht, ob ich an ihm dranbleiben kann.«

»Das ist verstanden«, erwiderte Polizeimeister Hauke Knudsen von der Nachtschicht, »ich schicke dir Kollegen zur Unterstützung.«

Mona lag die Bemerkung auf der Zunge, dass sie ein nicht markiertes Fahrzeug benutzen sollten. Aber dies war bei einer Observierung eigentlich eine Selbstverständlichkeit. Auch wenn bei der Borkumer Polizei solche Maßnahmen selten vorkamen, konnte die Kommissarin trotzdem auf die Professionalität ihrer Kollegen vertrauen. Die Geografie der Insel erwies sich als Vorteil, denn die Reedestraße war die einzige Hauptverkehrsader zwischen dem Hafen und dem eigentlichen Ort. Die Polizisten mussten sich also nur in einer Seitenstraße auf die Lauer legen und darauf warten, dass der Honda des Verdächtigen an ihnen vorbeizog.

Momentan fuhr Kress mit normaler Geschwindigkeit. Mona jagte hinter ihm her und schaffte es, die Rücklichter des Autos im Blickfeld zu behalten. Sie war gut in Form, da sie joggte und etliche Kilometer auf dem Rad zurücklegte. Der Verdächtige setzte den Blinker und bog links in den Störtebekerweg ab. Das Ortszentrum war noch ziemlich weit entfernt, auf Unterstützung konnte die Kommissarin momentan nicht hoffen. Sie gab ihre neue Position an die Zentrale durch, dann folgte sie dem Muskelmann. Ob er die Beschattung bemerkt hatte und sie abschütteln wollte? Momentan deutete nichts darauf hin. Der Störtebekerweg war eine ruhige Wohnstraße am südlichen Ortsrand, in der es auch einige Ferienhäuser gab. *Enno würde genau wissen, welche Gebäude vermietet sind und welche nicht,* dachte Mona. Aber ihr Kollege war jetzt nicht da, sie musste allein zurechtkommen.

Zunächst reduzierte sie ihr Tempo, um die Distanz zum Verdächtigen beizubehalten. Dank ihrer dunklen Kleidung und der dezenten Straßenbeleuchtung würde Kress sie nicht bemerken, wenn er in den Rückspiegel schaute. Zumindest hoffte sie das. Jetzt musste sie allerdings in die Bremsen steigen, denn der Verdächtige brachte seinen Wagen vor einem unauffälligen Rotziegelhaus zum Stehen. Bevor er ausstieg, zog die Ermittlerin schnell ihr Rad von der Straße und versteckte sich hinter einer Buchsbaumhecke auf dem Nachbargrundstück. In einigen Gebäuden am Störtebekerweg brannte noch Licht, die Bewohner saßen vermutlich vor ihren Fernsehern. Aber in dem Haus, vor dem Kress geparkt hatte, war alles dunkel. Was hatte der Kerl vor? Während Mona sich diese Frage stellte, ließ sie ihr Rad ins Gras gleiten und schlich zu dem anderen Haus hinüber. Auf wen hatte Kress es abgesehen? Ob er einen Schlüssel besaß? Falls er geläutet hatte, war ihr dies entgangen. Die Kommissarin führte sich vor Augen, dass es inzwischen nach Mitternacht war. Auf einer ruhigen Insel wie Borkum horchten um diese Uhrzeit die meisten Einwohner an der Matratze. Wo befand sich der Verdächtige? Im Auto war er nicht mehr. Mona hatte deutlich das Klappen der Fahrertür gehört. Ob er sich durch einen Einbruch Zugang verschafft hatte? Sie musste sich vergewissern. Vielleicht war jemand in unmittelbarer Gefahr. Die Kommissarin presste ihren Rücken gegen die Backsteinmauer des Hauses und atmete einmal tief durch. Es war kein Geräusch zu hören, zumindest nicht in der unmittelbaren Umgebung. Auf der Reedestraße fuhr ein Auto vorbei, irgendwo in Richtung Greune Stee bellte ein Hund. Mona konnte ihre Taschenlampe nicht einsetzen, dadurch hätte sie sich verraten. Sie tastete den Fensterrahmen neben ihr ab, er schien intakt zu sein. Daraufhin arbeitete sie sich ein Stück vor und überprüfte den nächsten Rahmen. Ein Windstoß wehte den Duft eines Rasierwassers zu ihr herüber. Sie erkannte, dass sie Kress unterschätzt hatte. Die Kommissarin wollte herumwirbeln und ihre Waffe ziehen. Aber es war zu spät. Sie bekam einen heftigen Schlag auf den Hinterkopf und verlor das Bewusstsein.

Kapitel 5

Es herrschte finsterste Nacht, der Mondschein und das Funkeln der Sterne fehlten völlig. Die Kommissarin wurde von heftigen Kopfschmerzen geplagt – viel schlimmer, als wenn sie einfach nur zu tief ins Glas geschaut hätte. Ihre Augenlider schienen bleischwer zu sein. Sie schaffte es trotzdem irgendwie, sie zu heben. Nun nahm sie die Helligkeit wahr. Monas Blick war verschleiert, sie betrachtete ihre Umgebung wie durch einen Weichzeichner. Sie befand sich jetzt in einem als gemütliches Wohnzimmer eingerichteten Raum, auf dem Fußboden und gegen eine Wand gelehnt. Ihre Hände waren hinter dem Rücken gefesselt, der raue Strick schnitt in ihre Haut. Und auch ihre Fußgelenke hatte jemand zusammengebunden. *Jemand? Das war natürlich Kress, dieser muskelbepackte Mistkerl!*, dachte sie wütend. In erster Linie war sie sauer auf sich selbst, weil sie sich hatte übertölpeln lassen.

»Endlich sind Sie wach. Ich dachte schon, Olaf hätte Sie totgeschlagen.«

Die Ermittlerin war überrascht, diese Worte zu hören – zumal sie aus einer weiblichen Kehle kamen. Mona hatte nicht bemerkt, dass jemand bei ihr war. Andererseits – ihre Bewusstlosigkeit lag erst wenige Augenblicke zurück. Sie drehte ihren Kopf vorsichtig dorthin, wo die Frau sich befinden musste. Immerhin konnte die Kommissarin inzwischen etwas klarer sehen. Eine Armeslänge von ihr entfernt hockte eine Dunkelblonde an der Wand. Ihr Alter schätzte die Ermittlerin auf fünfzig bis sechzig. Auch die andere Frau war an Händen und Füßen gefesselt. Bekleidet war sie mit einer bunt gemusterten Freizeithose und einem flauschig wirkenden grünen Sweatshirt. Obwohl Mona gerade erst aus ihrer Ohnmacht erwacht war, begann ihr kriminalistischer Verstand bereits wieder zu arbeiten:

»Sie kennen Kress' Vornamen. Demnach wissen Sie, mit wem Sie es zu tun haben.«

»Ich bin Olaf Kress nie zuvor persönlich begegnet«, erwiderte die ältere Frau, »aber ich habe meine Informationsquellen. Ich bekam Wind davon, dass mein Ex-Mann einen Kerl mit diesem Namen angeheuert hatte. Als Olaf mich vorhin überfiel und fesselte, wurde mir sofort klar, dass Wilfried dahintersteckte.«

Nun begriff Mona die Zusammenhänge: »Sie sind Anna Traun, nach der Traun seine Yacht benannt hat. Und Sie sind keineswegs tot, wie er uns gegenüber behauptet hat.«

Die Frau verzog ihren Mund zu einem bitter wirkenden Lächeln: »Ich bin nicht verstorben, nur glücklich geschieden. Übrigens heiße ich inzwischen wieder Anna Grimm, weil ich meinen Mädchennamen angenommen habe. - Und Sie sind eine Polizistin, oder? Ich habe mitbekommen, wie Olaf Sie ins Haus geschleift und Ihnen Ihre Pistole, Ihr Funkgerät und Ihr Handy abgenommen hat.«

»Ja, mein Name ist Kommissarin Sander. Leider bin ich von dem Täter überrascht worden«, musste die Ermittlerin zähneknirschend zugeben. Sie fuhr fort: »Aber es ist nur eine Frage der Zeit, bis meine Kollegen uns befreien werden. Bitte erzählen Sie mir, was sich in den letzten Stunden ereignet hat..«

»Das ist schnell berichtet«, erwiderte Anna Grimm. »Ich habe dieses Ferienhaus vor einigen Wochen gemietet, um die gute Luft auf Ihrer wunderbaren Insel zu genießen. Trotz der idyllischen Atmosphäre hier leide ich unter Schlafstörungen. Darum war ich nach Mitternacht noch wach. Ich höre gern Musik, mit Kopfhörern. Das war vermutlich ein Fehler, denn andernfalls hätte ich mitbekommen, wie Olaf in mein Haus eingedrungen ist. Plötzlich schaltete er das Licht an und bedrohte mich mit einem Messer. Ich habe mich fast zu Tode erschrocken.«

Also muss sie im Dunkeln gesessen haben, überlegte Mona. Die Kommissarin war davon ausgegangen, dass die Personen im Haus tief und fest schliefen. Damit hatte sie sich offensichtlich getäuscht.

»Wohnen Sie allein hier?«

»Ja, Frau Sander. Kinder habe ich nicht, und momentan gibt es auch keinen Mann in meinem Leben. - Olaf hat mich jedenfalls gefesselt und hierhergesetzt. Dann ging er noch einmal hinaus und kehrte mit Ihnen zurück. Im ersten Moment dachte ich, dass er Sie totgeschlagen hätte. Aber Sie leben, andernfalls hätte er Sie nicht festbinden und entwaffnen müssen.«

Das ist wohl wahr, dachte Mona. Sie war immer noch sauer, weil der Ganove sie ausgetrickst hatte.

»Sie sind also seit Jahren von Traun geschieden«, stellte die Kommissarin fest. »Warum erfolgt dieser Überfall gerade jetzt? Haben Sie ihm dafür einen Anlass gegeben?«

Anna Grimm schüttelte den Kopf: »Nein, ich halte mich von Wilfried fern. - Bei ihm sitzt eine Schraube locker, das ist die einleuchtendste Erklärung. Wir können ja Olaf fragen, was das Ganze soll. Allerdings bezweifle ich, dass wir von dem Dummkopf eine brauchbare Antwort bekommen. Wo ist er überhaupt?«

Auf diese Frage erwartete Anna Grimm vermutlich keine Antwort, denn woher hätte Mona es wissen sollen? Doch im nächsten Moment erschien der Verbrecher auf der Bildfläche – wie ein Schauspieler, der auf sein Stichwort gewartet hat.

»Sie sitzen ganz schön in der Tinte, Kress!«, fauchte Mona. »Wenn Sie wissen, was gut für Sie ist, dann binden Sie uns sofort los!«

»Es ist schon irre, dass eine so kleine Polizistin so eine große Klappe hat«, meinte der Muskelmann mit einem breiten Grinsen. Er machte keine Anstalten, die Frauen von ihren Fesseln zu befreien. Das hatte die Kommissarin allerdings auch nicht ernsthaft erwartet. Ihr machte eine ganz andere Beobachtung Sorgen. Kress hatte einen Rucksack auf dem Rücken. Dies war ihr im Hafen entgangen, wahrscheinlich wegen der schlechten Sichtverhältnisse. Und nun zog er einen Gegenstand aus dem Gepäckstück hervor, der verdächtig nach einer Höllenmaschine aussah. Kress' Visage nahm einen heimtückischen Ausdruck an, während er die Bombe auf dem Couchtisch platzierte, unerreichbar für die beiden Frauen.

»Also soll ich sterben?«, fragte Anna Grimm bemerkenswert gefasst. »Und warum willst du auch Frau Sander töten?«

»Glaubst du, ich lasse eine Zeugin am Leben? Außerdem wollte ich immer schon mal einen Bullen abservieren«, tönte Kress. Mona ging auf seine dummen Sprüche nicht ein, sie hielt ihn einfach für ein Großmaul. Stattdessen konzentrierte sie sich auf die Bombe, die mit einem Zeitzünder versehen war. Die Digitalanzeige zählte von 15 Minuten herunter.

Eine Viertelstunde lang Zeit, um mir etwas einfallen zu lassen, dachte die Kommissarin voller Galgenhumor. Sie sagte: »Bilden Sie sich ernsthaft ein, dass Sie mit diesem Doppelmord davonkommen, Kress? Zu Ihrer Information: Wir vermuteten bereits, dass Sie und Ihr Boss mithilfe von Nagellackentferner einen Sprengsatz gebastelt haben. Wir konnten es bloß nicht beweisen. Aber wenn Frau Grimm und ich heute Nacht durch eine Bombe sterben, dann klicken spätestens morgen bei Ihnen die Handschellen. Und eine lebenslange Haftstrafe ist nicht so lustig, schätze ich.«

»Du bluffst doch!«, entgegnete Kress. Aber sein Selbstbewusstsein hatte bereits leichte Risse bekommen. Oder war dies nur Monas Wunschdenken?

»Ach, wirklich? Es gibt zahlreiche Möglichkeiten, aus normalen Alltagsgegenständen eine Höllenmaschine zu bauen. Wie sind wir wohl auf den Nagellackentferner gekommen? Jemand hat bei der Entsorgung der Abfälle gepennt und ein Fläschchen in der Schlafkabine vergessen. Das sind vermutlich Sie gewesen, Kress!«

»Na, und wenn schon!«, gab der Kriminelle mit einer wegwerfenden Handbewegung zurück. »Wenn die Bombe explodiert, hat erst mal die Feuerwehr alle Hände voll zu tun. Herr Traun und ich sind längst wieder auf hoher See, wenn ...«

Kress konnte seinen Satz nicht beenden, denn in diesem Moment wurde die Eingangstür eingetreten. Gleichzeitig zersplitterte die Glastür zur rückwärtigen Terrasse. Enno eilte von vorn in den Wohnraum, Grietje Smit und Hinderk Ekhoff drangen durch die kaputte Tür von der Gartenseite ein. Alle drei richteten ihre Dienstwaffen auf Kress. Angesichts der polizeilichen Übermacht versuchte der Ganove gar nicht erst, Widerstand zu leisten. Er hob die Hände, ohne dazu aufgefordert werden zu müssen.

»Er hat ein Messer!«, warnte Mona. »Und die Bombe geht in Bälde hoch!«

Während Hinderk Kress durchsuchte, entwaffnete und ihm Handschellen anlegte, befreite Grietje Mona von ihren Fesseln. Und Enno beäugte den Sprengsatz genauer. Er sagte: »Auf dem Festland könnten wir das Sprengstoffkommando anfordern, aber dafür ist keine Zeit. Also werden wir das Problem auf Borkumer Art lösen.«

»Was hast du vor?«, wollte Mona aufgeregt wissen.

»Keine Zeit für Erklärungen«, erwiderte der Oberkommissar. Mit einer Schnelligkeit, die kein Außenstehender diesem schweren Mann zugetraut hätte, schnappte Enno sich den Sprengsatz und verschwand durch die Vordertür. Wenig später hörte man einen Automotor aufheulen. Sie wandte sich an Grietje: »Wie habt ihr mich so schnell gefunden?«

»Deine letzte Meldung kam ja, als du in den Störtebekerweg eingebogen bist«, erwiderte die sommersprossige Polizeimeisterin, »und sooo lang ist diese Straße ja nicht. Enno bestand darauf, als Verstärkung dabei zu sein. Nachdem wir ihn eingesammelt hatten, patrouillierten wir den Störtebekerweg entlang, bis wir dein Fahrrad fanden. Da dachten wir uns, dass du nicht weit sein konntest. Aus diesem Haus hörten wir Geräusche. Und obwohl keine Einzelheiten zu verstehen waren, gingen wir von einer Gefahrenlage aus.«

Die Kommissarin nickte, während sie den Worten der jungen Polizistin unkonzentriert lauschte. Bange Minuten vergingen. Mona hatte keine Ahnung, was Enno unternehmen wollte. Es fiel ihr in diesem Moment ohnehin schwer, einen klaren Gedanken zu fassen. Zu groß war ihre Sorge um den Ostfriesen, der für sie schon seit Jahren viel mehr als ein Kollege war. Normalerweise konnte sie die Handlungen des Oberkommissars stets nachvollziehen. Enno verfügte über zahlreiche Fähigkeiten – aber gehörte das Entschärfen von Sprengsätzen auch dazu? Sie wusste nicht mehr, was sie glauben sollte. Nach einem Zeitraum, der ihr wie eine halbe Ewigkeit vorkam, erschien der Oberkommissar wieder im Ferienhaus – und zwar mit leeren Händen.

»Wo ist die Höllenmaschine?«, platzte Grietje heraus, bevor Mona auch nur den Mund öffnen konnte.

»Ich habe sie in das Regenrückhaltebecken an der Reedestraße geworfen«, lautete Ennos Antwort. »Dort kann das Entschärfungsteam sie morgen herausholen. Aber für den Moment geht von der Bombe keine Gefahr mehr aus, schätze ich.«

Mona schaute auf ihre Armbanduhr. Fünfzehn Minuten waren bereits verstrichen. Theoretisch konnte der Sprengsatz immer noch explodieren. Aber dann würde es zumindest unter der Wasseroberfläche geschehen.

Kapitel 6

Am nächsten Morgen sah die Welt für Mona und ihre Polizeikollegen schon viel erfreulicher aus. Sie waren während der Nacht nicht untätig geblieben. Nicht nur Kress, auch Traun saß jetzt in einer Arrestzelle der Wache. Der Yachteigner hatte auf die Rückkehr seines Komplizen gewartet. Daher war seine Festnahme kein Problem gewesen. Die Kommissarin hatte sich – genau wie Anna Grimm – von Dr. Siemers untersuchen lassen. Der Arzt hätte Mona durchaus dienstunfähig geschrieben, aber er biss bei ihr auf Granit.

»Ich habe einen harten Schädel«, behauptete sie.

»Dies dürfte wohl fast jedem Borkumer inzwischen bekannt sein, Frau Sander«, hatte Dr. Siemers erwidert und sie gegen seinen medizinischen Rat nach Hause entlassen. Die Ermittlerin fand, dass er aus einer Mücke einen Elefanten machte. Sie litt zwar noch unter leichten Kopfschmerzen, hatte aber nicht vor, sich auszuruhen. Dafür war ihr Wunsch, diesen undurchsichtigen Fall aufzuklären, viel zu groß. Und so kam es, dass sie sich pünktlich zum Dienstbeginn an ihrem Arbeitsplatz einfand. Es war ein unbeschreiblich gutes Gefühl, Enno an seinem Schreibtisch ihr gegenüber sitzen und friedlich Tee trinken zu sehen. Trotzdem musste sie eine Kritik loswerden: »Mir ist heute Nacht fast das Herz stehengeblieben, als du dir die Bombe unter den Arm geklemmt hast und verschwunden bist.«

»Das verstehe ich, aber ich musste improvisieren«, erklärte der Oberkommissar. »Der Zeitzünder zählte ja die ganze Zeit über weiter herunter. Ich dachte mir, dass ich es mit dem Auto innerhalb von vier Minuten bis zu dem Regenrückhaltebecken schaffen würde. Und das hat auch geklappt.«

Mona lag die Frage auf der Zunge, wie groß denn der Zeitpuffer bis zur Explosion noch gewesen war. Aber sie behielt diesen Satz lieber für sich. Es gab Dinge, die sie nicht unbedingt erfahren wollte. Enno fuhr fort: »Oltbeck hat eine Bewachung des Beckens organisiert, so dass niemand durch die Bombe unter Wasser gefährdet wird. Die Entschärfungsspezialisten rücken noch vor Mittag vom Festland aus an, so dass die Bedrohungslage dann endgültig beendet sein dürfte. - Wie geht es dir denn überhaupt?«

Er warf Mona einen besorgten Blick zu.

»Unkraut vergeht nicht«, scherzte sie, wurde aber gleich darauf wieder ernst. Sie berichtete von ihrem Gespräch mit Anna Grimm und fügte hinzu: »Ich kann noch nicht sagen, was mich an dieser Frau stört. Es ist ein vages Gefühl des Unbehagens ... sie schien von dem Überfall durch Kress nicht allzu überrascht zu sein. Außerdem: Warum kommt Traun Jahre nach der Scheidung auf die Idee, seine Ex-Frau in die Luft jagen zu wollen? Sie behauptet, er hätte nicht alle Latten am Zaun. Aber für gestört halte ich ihn eigentlich nicht.«

»Wir sind keine Psychiater, Mona. Und wir haben nur ein einziges Mal mit ihm und seinem Handlanger gesprochen.«

»Du hast ja recht«, erwiderte sie seufzend und fügte hinzu: »Apropos Handlanger: Was ist eigentlich mit dem Honda Civic, den Kress für seine Fahrt zu Anna Grimm benutzt hat?«

Enno erwiderte: »Die Karre ist in Emden zugelassen. Ich habe bereits eine Halterabfrage gemacht. Der Wagen gehört einem gewissen Nils Rolfs. Die Emder Kollegen werden ihn noch heute befragen und uns danach informieren.«

»Und was ist mit unseren beiden Logiergästen?«, wollte die Kommissarin wissen.

Der Ostfriese sagte: »Kress und Traun verweigern die Aussage und verlangen jeweils einen Anwalt. Bis die Strafverteidiger hier eingetroffen sind, lassen wir die Herren in ihrem eigenen Saft schmoren. Da sie vorbestraft sind, kennen sie polizeiliche Methoden und werden sich leider nicht so leicht ins Bockshorn jagen lassen. Ich halte auf jeden Fall Kress für den schwächeren Charakter. Wir müssen ihm verdeutlichen, dass sein Boss ihn als Sündenbock benutzen wird. Wenn wir Pech haben, können wir Traun noch nicht einmal nachweisen, von der geplanten Ermordung seiner Ex-Frau gewusst zu haben.«

»Er hat immerhin behauptet, dass Anna tot sei, Enno.«

»Es ist nicht verboten, die Polizei zu belügen. Übrigens sehe ich momentan absolut keinen Zusammenhang zwischen dem geplanten Mord an Anna Grimm und dir und dem Tod der Frau in der Polizeiuniform.«

»Das geht mir genauso«, gab Mona zu. »Der Nagellackentferner hätte auf die Anwesenheit einer weiblichen Person an Bord deuten können. Stattdessen scheint die Substanz nur zum Bau der Bombe verwendet worden zu sein.«

Der Ostfriese erhob sich von seinem Bürostuhl und sagte: »Ja, diese Ermittlung steckt irgendwie fest. - Oltbeck erwartet uns zu einer Besprechung. Wir sollten ihn nicht warten lassen.«

Als der Chef wenig später Mona erblickte, schien er ihr am liebsten um den Hals fallen zu wollen. Natürlich hatte er mitbekommen, dass seine Untergebene während der Nacht in Lebensgefahr gewesen war. Die Kommissarin lag oft genug mit ihrem Chef über Kreuz, weil sein stures Beharren auf Dienstvorschriften mit ihrer sprunghaften und oft unüberlegten Art nicht zusammenpassen konnte – aber Oltbecks Sorge um das Wohlergehen seiner Polizeibeamten war echt, und das schätzte sie sehr an ihm.

»Sind Sie sicher, dass Sie schon wieder dienstfähig sind, Frau Sander?«, wollte er wissen und schaute sie dabei so besorgt an, als ob sie gleich umzukippen drohte.

»Ich bin fit wie ein Turnschuh«, behauptete sie und begann damit, die Ereignisse der Nacht vorzutragen. Natürlich hatte der Dienststellenleiter schon einiges durch andere Kollegen gehört.

»Dieser Kress hat Ihnen also aufgelauert, Frau Sander?«

»Ja, eine andere Erklärung habe ich nicht. Er muss bemerkt haben, dass er observiert wurde. Also hat er vor dem Ferienhaus gewartet, bis ich ihm folgte. Dann schlug er mich nieder und schleifte mich später ins Innere, nachdem er Frau Grimm überwältigt hatte.«

Enno hob den rechten Zeigefinger und ergänzte: »Wir sollten uns vor Augen führen, dass ursprünglich ausschließlich die Ermordung von Anna Grimm geplant war. Angenommen, wir hätten die Yacht *nicht* beobachtet und Frau Sander wäre *nicht* in Lebensgefahr geraten. Dann hätte es eine Explosion gegeben, das Ferienhaus wäre in Brand geraten. Ein Feuerwehreinsatz wäre die Folge gewesen. Aber wann wäre bemerkt worden, dass Fremdeinwirkung im Spiel war? Heute? Oder erst morgen? Auf jeden Fall hätte ein Brandursachenermittler vom Festland erscheinen müssen, und das hätte Zeit gekostet. Bis dahin konnte Trauns Yacht wieder auslaufen und hätte sich längst auf hoher See befunden. Und ob man wirklich einen Zusammenhang zwischen seiner Anwesenheit und dem Feuertod seiner Ex-Frau hätte herstellen können? Ich würde nicht darauf wetten wollen.«

Oltbeck verzog den Mund und erwiderte: »Wollen Sie mir durch die Blume mitteilen, wie sinnvoll die Observierung gewesen ist? Keine Sorge, ich bin inzwischen selbst dieser Meinung. Man muss genug

Format besitzen, um die eigenen Fehler zugeben zu können. - Gibt es denn inzwischen neue Erkenntnisse, was die Frauenleiche betrifft?«

»Wir müssten nach Zeugen suchen, denen auf diesem Strandabschnitt etwas Ungewöhnliches aufgefallen ist«, erklärte der Oberkommissar, »damit haben wir gestern Nachmittag angefangen, konnten bisher allerdings keine brauchbaren Aussagen erhalten. Letztlich läuft es auf die Frage hinaus, ob die Tote von Bord eines Wasserfahrzeugs geworfen wurde oder sie jemand am Strand platziert hat.«

»Die erste Möglichkeit erscheint mir plausibler«, meinte der Chef, »wer in finsterer Nacht einen Körper auf offener See ins Wasser wirft, muss keine Zeugen fürchten. Bei der zweiten Variante steigt das Risiko des Täters, wir reden hier immerhin über eine erwachsene Frau. Sie wissen beide, wie schwer ein toter Körper sein kann – sogar dann, wenn die Person nicht übergewichtig ist.«

Oltbeck versuchte immerhin, beim letzten Satzteil Enno nicht anzustarren, was ihm auch halbwegs gelang. Mona wandte ein: »Nicht unbedingt, Herr Oltbeck. Es stimmt – aufwändiger ist die Land-Version auf jeden Fall. Wenn ich eine Leiche am Strand deponieren müsste, würde ich mir die dunkelste und einsamste Nachtstunde dafür auswählen. Ich bräuchte einen PKW oder einen Pritschenwagen, um den Körper so nahe wie möglich an den Strand zu transportieren.«

Der Chef folgte ihrem Gedankengang: »Schön, Frau Sander. Dann stehen Sie auf der Jann-Berghaus-Straße. Weiter kommen Sie nicht, weil die Reifen Ihres Fahrzeugs im weichen Sand einsinken könnten. Und wie gelangen Sie bis an die Wasserlinie? Laden Sie sich die Leiche auf den Rücken?«

Oltbecks Spott war der Kommissarin nicht entgangen. Sie erwiderte: »Ja, entweder das – oder ich klaue einen der Rollstühle mit Ballonreifen, die an der Promenade bereitstehen. Dort hinein würde ich die Tote setzen, bis an den Spülsaum fahren und mein Gefährt wieder zurückstellen.«

Die Ballonreifenstühle waren ein spezieller Service auf Borkum, da die Reifen handelsüblicher Rollstühle sich für eine Fahrt auf dem Sand als zu schmal erwiesen hatten. Der Vorgesetzte schaute Mona mit glasigem Blick an. Er begriff wahrscheinlich, dass ihre Überlegung richtig war. Trotzdem musste er das letzte Wort haben: »Dafür wäre es aber notwendig, sich auf unserer Insel zumindest halbwegs auszukennen. Und wenn ich Sie daran erinnern darf: Traun und Kress befanden sich noch gar nicht auf Borkum, als die Leiche gefunden wurde. Oder können Sie mir inzwischen einen weiteren Verdächtigen präsentieren?«

Das war natürlich nicht der Fall, und Oltbeck kostete seinen scheinbaren Triumph aus: »Das dachte ich mir. Ich schlage vor, dass Sie weiter nach Zeugen suchen. Was den Mordversuch an Ihnen, Frau Sander, und dieser Anna Grimm angeht, so wird zumindest Kress seine Täterschaft nicht leugnen können. Von dem Bauen einer Bombe mal ganz abgesehen. Vermutlich hat entweder Kress den Sprengsatz im Auftrag seines Chefs gebastelt – oder er ist zumindest Mitwisser, wenn er nämlich nicht selbst die Bombe konstruiert hat. Aus der Nummer kommt er also nicht wieder heraus. Die Frage lautet jetzt, ob Traun ihn angestiftet hat oder nicht.«

»Natürlich hat dieser Trottel im Auftrag seines Bosses gehandelt«, fauchte Mona so gereizt, als ob ihr Vorgesetzter etwas Selbstverständliches infrage gestellt hätte, »Kress kann sich allein wahrscheinlich noch nicht mal die Schuhe zubinden!«

Oltbeck mochte es nicht, wenn Mona ihn wie einen Einfaltspinsel behandelte. Das bekam sie im nächsten Moment zu spüren.

»Ihnen geht es offenbar wieder prächtig, Frau Sander«, schnarrte er. »Ich schlage vor, dass Sie noch einmal allein mit Anna Grimm sprechen. Vielleicht hat die Dame eine Idee, wie sich die Verbindung zwischen ihrem Ex-Mann und Kress noch besser belegen lässt. Oder warum Traun diesen Kerl überhaupt angeheuert hat. Herr Moll kümmert sich inzwischen um die Zeugensuche am Strand. - Keine Sorge, für die Laufarbeit stelle ich Ihnen uniformierte Kollegen zur Seite. Sie sollen lediglich die Aussagen zusammenführen.«

Was für Aussagen denn?, dachte Mona. Sie hielt es für äußerst unwahrscheinlich, dass jemand in finsterer Nacht die Frauenleiche bemerkt hatte. Die Kommissarin führte sich vor Augen, wie es nach Einbruch der Dunkelheit am Strand aussah. Selbst bei Mondschein war die Sicht dort nicht optimal, man konnte nur wenige Meter weit sehen. Außerdem – wer hielt sich um diese Zeit dort auf? Liebespaare, Betrunkene und einige wenige Hundebesitzer mit ihren vierbeinigen Freunden. Würde jemand, der die Tote gesehen hatte, sich nicht längst bei der Polizei gemeldet haben? Aber Oltbeck hatte grundsätzlich recht, ohne eine sorgfältige Zeugensuche konnte die Ermittlung als schlampig angesehen werden, was dem Strafverteidiger des Mordverdächtigen in die Hände spielte. *Dafür müssten wir aber erst einmal jemanden haben, der für die Tat infrage kommt,* dachte Mona verdrossen. Und momentan sah es nicht danach aus. Auch wenn sie erleichtert war, weil Traun und Kress sich hinter Gittern befanden – für den Tod der Unbekannten konnten diese Männer wahrscheinlich nicht verantwortlich sein.

Oder?

Kapitel 7

»Bleib mir bitte treu, mein Liebster – ich vermisse dich jetzt schon!«, rief Mona augenzwinkernd, als der Termin beim Chef vorbei war und sie sich auf den Weg zu Anna Grimm machen wollte. Sie legte ihre Hand auf ihre linke Brusthälfte und versuchte, süß auszusehen.

»Aber immer doch«, gab Enno lächelnd zurück. Die Kommissarin verließ die Wache und radelte Richtung Störtebekerweg. Ein Kollege hatte ihr Fahrrad nach dem nächtlichen Abenteuer mit zurück zur Polizeistation gebracht. Am Morgen war Mona ausnahmsweise zu Fuß von ihrer Wohnung in der Walfangerstrate bis zur Strandstraße marschiert.

Während der Fahrt zum Ort der geplanten Sprengstoffexplosion drehten sich ihre Gedanken noch einmal um die Begegnung mit Kress und Anna Grimm. In der Erinnerung kam ihr die Situation seltsam unwirklich vor. Ursprünglich hatte Kress gewiss nur die Ex-Frau seines Bosses töten sollen. Wie hätte er voraussehen können, dass eine Polizistin in der Nähe sein würde? Als der Verbrecher die Bombe präsentierte, hatte Anna Grimm sehr gefasst gewirkt. Natürlich wusste die Kommissarin, dass Menschen mit Extremsituationen völlig unterschiedlich umgingen. Dennoch war Mona erstaunt, denn sie selbst hatte Angst um ihr Leben gehabt. Falls Anna Grimm ähnlich gefühlt hatte, war es ihr jedenfalls nicht anzumerken gewesen. Oder interpretierte die Kriminalistin in die Reaktion der Frau zu viel hinein? Während ihr diese Überlegungen durch den Kopf schwirrten, hatte sie den Ortskern verlassen und bog in den Störtebekerweg ein – diesmal vom Ortskern aus.

Bei Tageslicht wirkte das Ferienhaus einladend und freundlich. Die Fensterläden hatten offenbar erst vor kurzem einen frischen weißen Anstrich bekommen. Die Eingangstür war demoliert, weil Enno sie bei dem Zugriff eingetreten hatte. Aber das Schloss war inzwischen offenbar schon wieder provisorisch in Ordnung gebracht worden. Mona klingelte. Ein mulmiges Gefühl stieg in ihr auf. In der vergangenen Nacht wäre ihr Leben beinahe beendet gewesen. Es war seltsam, an den Ort ihres geplanten Todes zurückzukehren. Es dauerte ein wenig, bis ihr geöffnet wurde. Anna Grimm trug an diesem Vormittag ein dunkelviolettes wadenlanges Strickkleid und eine kaffeebraune Weste aus Plüsch. In dieser Kleidung sah sie nach Monas Meinung wie eine irische Rosenzüchterin aus, aber vielleicht ging auch nur die Fantasie mit der Kommissarin durch. Anna Grimm empfing sie mit einem freundlichen Lächeln: »Hallo, Frau Sander. Was für eine nette Überraschung! Ich hätte nicht gedacht, dass wir uns so schnell wiedersehen.«

»Moin, das geht mir genauso. Wenn man bedenkt, unter was für ungünstigen Umständen wir einander kennengelernt haben – ich wollte mich nach Ihrem Befinden erkundigen und Sie über die neuesten Entwicklungen informieren.«

»Das ist sehr freundlich von Ihnen, treten Sie doch bitte näher.«

Mona folgte der Frau in das Haus. Das Wohnzimmer trug noch Spuren der nächtlichen Ereignisse. Die kaputten Scheiben der Terrassentür waren durch Pappstücke ersetzt worden. Die Kommissarin wusste dank ihrer Kollegen, dass die Spurensicherung schon aktiv gewesen war. Sowohl die für die Fesselung benutzten Stricke als auch Kress' Messer wurden bereits kriminaltechnisch untersucht. Die Beweise gegen den Täter waren so eindeutig, dass er seinen Kopf nicht mehr würde aus der Schlinge ziehen können. Obwohl der Raum mit seiner hellgrauen Couchgarnitur, den weißen Wänden und den großen gerahmten Fotos von Wattvögeln einladend und freundlich wirkte, war er für Mona mit zu viel frischen negativen Erinnerungen behaftet. Anna Grimm schien zu spüren, was in ihr vorging: »Ich möchte lieber in der Küche sitzen. Und ich glaube, dass es Ihnen genauso geht.«

»Da könnten Sie recht haben«, musste die Kriminalistin zugeben. Mona konnte jetzt wirklich einen Tee vertragen. Die Ferienhausküche war modern eingerichtet. Es gab eine Sitzecke, doch die Kommissarin blieb zunächst an der Tür stehen und schaute sich um. Anna Grimm füllte Wasser in den Pfeifkessel und stellte ihn auf das Ceranfeld des Herdes. Dann schaute sie die Ermittlerin fragend an: »Wollen Sie nicht Platz nehmen, Frau Sander?«

»Noch nicht. - Wenn es Ihnen recht ist, würde ich mich gern etwas im Haus umschauen.«

Anna Grimm zuckte mit den Schultern: »Ihre Kollegen von der Kriminaltechnik haben ja schon alles überprüft, aber wenn Sie wollen – ich habe nichts zu verbergen.«

Darauf erwiderte die Kriminalistin nichts. Sie hätte selbst nicht sagen können, wonach sie suchte. Vielleicht wünschte sie sich eine Antwort auf die Frage, warum Kress die Bombe ausgerechnet in der vergangenen Nacht hier platziert hatte. War der Zeitpunkt willkürlich gewählt? Oder hatte das missglückte Sprengstoffattentat irgendetwas mit dem Tod der Frau in Polizeiuniform zu tun? Für Letzteres gab es nicht den geringsten Beweis, aber nach Monas Erfahrung waren gleich zwei voneinander unabhängige dramatische Ereignisse – wie der Leichenfund und der versuchte Doppelmord – auf Borkum höchst unwahrscheinlich. Daher wollte sie bei ihrer Untersuchung nichts unberücksichtigt lassen.

Die Kommissarin verließ die Küche und schaute sich im Erdgeschoss genauer um. Auch wenn sie an das Wohnzimmer eine schlechte Erinnerung hatte, sparte sie auch diesen Raum nicht aus. Und prompt entdeckte sie ein interessantes Detail, das sie zunächst für sich behielt. Ebenerdig gab es ein großzügig geschnittenes Bad mit Wanne und Tageslichtdusche, außerdem einen Hauswirtschaftsraum mit Waschmaschine sowie die Küche. Der Kessel pfiff, also würde der Tee bald fertig sein. Mona stieg die Treppenstufen ins erste Stockwerk hoch. Dort gab es ein weiteres Bad sowie drei Schlafzimmer, von denen nur eins benutzt wurde. Die Ermittlerin riskierte einen Blick in den Schrank. Die dort hängenden Textilien schienen vom Stil und von der Konfektionsgröße her Anna Grimm zu gehören. Für Mona lautete die entscheidende Frage, ob sich hier noch eine weitere Person länger aufgehalten haben könnte, beispielsweise die junge Frau in der Polizeiuniform. Hinweise darauf konnte sie nicht finden, was allerdings nichts besagte. Es war ja Zeit genug gewesen, um alle in diese Richtung weisenden Spuren zu verwischen. Aber wenn Anna Grimm in die Machenschaften ihres Ex-Manns verwickelt war – warum hätte er sie dann beseitigen lassen sollen? Die Ermittlerin erkannte, dass ihr entscheidende Informationen nach wie vor fehlten.

Sie kehrte ins Erdgeschoss zurück. Dort hatte Anna Grimm inzwischen den Küchentisch mit Teetassen gedeckt. Auch Kandis, Sahne, ein Stövchen für die Teekanne sowie ein Teller mit Anisplätzchen fehlten nicht. Die ältere Frau lächelte Mona zu, als ob sie sich auf ein Plauderstündchen mit einer Freundin freute. Und in gewisser Weise war tatsächlich zwischen den beiden eine Art Band entstanden, denn sie hatten gemeinsam dem sicheren Tod ins Auge geblickt.

»Ich kann verstehen, dass Sie mich verdächtigen«, sagte Anna Grimm, während sie für Mona Tee einschenkte. Die Kommissarin setzte sich.

»Das habe ich mit keiner Silbe behauptet«, stellte die Kriminalistin klar.

»Nein, aber ich hatte dank meines ehemaligen Göttergatten oft genug mit der Polizei zu tun«, erklärte Anna Grimm, »und in vielen Fällen werden Kriminelle wahrscheinlich wirklich von ihren Familien gedeckt. Als ich noch mit Wilfried verheiratet war, habe ich vor der Realität die Augen verschlossen. Das können Sie mir auf jeden Fall ankreiden. Ich hielt ihn ernsthaft für einen erfolgreichen Geschäftsmann. Und in gewisser Weise ist er das auch, allerdings sind seine Aktivitäten absolut ungesetzlich. Es war für mich ein Weckruf, als Ihre Kollegen ihn verhaftet haben. Ich reichte bald danach die Scheidung ein.«

»Aber Sie haben mir während der Nacht erzählt, dass Sie über Trauns Machenschaften immer noch im Bilde sind.«

»Ja, weil ich mich absichern muss, Frau Sander! Wilfried ist kein Mann, der eine Niederlage auf sich sitzen lässt. Und er hat unsere Scheidung zweifellos als einen Kampf empfunden, den er verloren hat. Seine Feindin bin in diesem Fall natürlich ich. Und mir war bewusst, dass er eine Revanche plant.«

Mona nahm einen Schluck von dem Tee. Anna Grimm hatte ihn auf ostfriesische Art gekocht, nämlich stark. Und die Kommissarin nahm ihn so zu sich, wie man es in der Region tat – mit Kandis und einem Wölkchen Sahne. Sie erwiderte: »Wenn Traun Ihnen gedroht hat, dann hätten Sie gegen ihn aktiv werden können. Es ist eine Straftat, andere Menschen einzuschüchtern.«

»Das ist mir bekannt«, sagte Anna Grimm mit einem freundlichen Lächeln, »und Wilfried weiß es natürlich auch. Er ist hochintelligent. Deshalb hat er nie etwas geäußert, das man gegen ihn hätte verwenden können – schon gar nicht vor Zeugen. Aber ich war lange genug mit ihm verheiratet. Ich kenne seine Blicke, seine Bewegungen, seine Andeutungen. Mir war klar, dass er mich nicht in Ruhe lassen würde. Zum Glück gibt es immer noch Menschen in seiner Umgebung, die es gut mit mir meinen. Daher war mir auch bekannt, dass Olaf Kress für ihn arbeitet.«

»Sind Sie Kress jemals begegnet, bevor er in Ihr Haus eindrang?«, wollte Mona wissen. Die ältere Frau schüttelte den Kopf: »Nein, aber er wurde mir sehr treffend beschrieben. Als er vor mir stand, wusste ich sofort, mit wem ich es zu tun hatte.«

»War Ihnen auch bekannt, dass Ihrem Ex-Mann eine Motoryacht gehört? Und dass er sie auf den Namen *Anna Traun* getauft hat?«

Anna Grimm lachte, aber sie klang nicht amüsiert: »Nein, das wusste ich nicht. - Sie sehen selbst, wozu dieser Mann fähig ist. Er benennt sein Boot nach mir, gibt sich Ihnen gegenüber als Witwer aus – und will mich in die Luft jagen. Wilfried ist eben zu allem fähig!«

»Sie sagten, dass Sie Kontakte in der Umgebung Ihres Ex-Mannes haben – können Sie mir Namen nennen?«

»Das möchte ich nicht, Frau Sander – und ich hoffe auf Ihr Verständnis. Diese Menschen haben sich mir unter dem Siegel der Verschwiegenheit anvertraut. Es käme mir schäbig vor, sie zu hintergehen. Wilfried wird hoffentlich für den Mordversuch an uns lebenslänglich eingesperrt werden. Ich fürchte allerdings, dass er mir auch vom Gefängnis aus noch schaden kann.«

Die Kommissarin mochte es überhaupt nicht, wenn bei einer Mordermittlung Geheimniskrämerei betrieben wurde. Allerdings konnte sie Anna Grimms Position verstehen – und wenn sie jetzt zu sehr bohrte, würde die Frau vielleicht komplett dichtmachen und überhaupt keine Informationen mehr preisgeben. Also erwiderte sie: »Es geht mir nur darum, Ihre Lage allgemein besser beurteilen zu können. Darum muss ich Sie auch fragen, wie Sie sich finanzieren.«

Anna Grimm sagte: »Ich arbeite nicht, falls Sie das meinen. Vielleicht erscheine ich Ihnen als stabile Persönlichkeit, aber innerlich bin ich ein Wrack. Wilfried hat mich seelisch ruiniert. Er zahlt mir einen üppigen Unterhalt, aber das gehört zu seinem Spiel. So macht er mir durch die Blume mit jeder Überweisung klar, dass ich immer noch von ihm abhängig bin.«

Diese Logik konnte Mona nicht nachvollziehen. Sie selbst hätte anstelle dieser Frau alles getan, um auf Distanz zu dem Mann zu gehen. Dazu gehörte natürlich auch, ein eigenes Einkommen zu haben. Aber sie wusste natürlich, dass jeder Mensch anders reagierte. Die Kommissarin hakte nach: »Ist Ihnen bekannt, womit Traun momentan sein Geld verdient? Und damit meine ich nicht sein angebliches Import-Export-Geschäft.«

»Leider kann ich Ihnen nicht weiterhelfen, Frau Sander. Ihnen als Kriminalistin muss ich wohl nicht erklären, was man unter Mitwisserschaft versteht. Als wir noch verheiratet waren, hat Wilfried seine fragwürdigen Transaktionen immer vor mir verheimlicht. Und als wir in Scheidung lebten, habe ich aus purem Selbstschutz Augen und Ohren vor allen seinen Aktivitäten verschlossen. Ich wollte nicht in etwas hineingezogen werden.«

»Dafür habe ich vollstes Verständnis«, betonte Mona, »doch aus polizeilicher Sicht ist es wichtig, der Staatsanwaltschaft Material für eine wasserdichte Anklage zu liefern. Und dazu gehört natürlich auch, die Frage nach dem Zeitpunkt des Bombenanschlags zu stellen. Warum hätten Sie gerade in der vorigen Nacht sterben sollen? Und ich natürlich auch, wobei mein Erscheinen garantiert nicht eingeplant war.«

»Wilfried wird wissen, was er sich dabei gedacht hat – falls es sich nicht um eine spontane Tat handelte«, meinte Anna Grimm. Dies erschien der Ermittlerin zweifelhaft, denn eine selbstgebastelte Bombe ließ sich wahrscheinlich nicht im Handumdrehen anfertigen. Ganz abgesehen davon, dass notwendige Rohmaterialien – wie eine größere Menge Nagellackentferner – nicht standardmäßig auf Yachten vorhanden waren.

»Warum haben Sie das Ferienhaus auf Borkum gemietet?«, fragte die Kommissarin. Anna Grimm hob die Schultern: »Diese Insel ist sehr schön, und ich hatte auf Ruhe gehofft. Ich habe Wilfried natürlich nicht verraten, dass ich mich hier befinde. Aber ich würde ihm zutrauen, dass er mein Bankkonto hat hacken lassen. So hätte er problemlos erfahren können, dass ich dem Besitzer des Ferienhauses die gesamte Miete für einen Monat in diesem Haus hier bereits überwiesen habe.«

Mona wusste natürlich, dass es einen Markt für solche illegalen »Dienstleistungen« gab. Daher war diese Erklärung durchaus plausibel. Sie war trotzdem unsicher, ob sie Anna Grimm glauben sollte. Die Kommissarin fühlte das dringende Bedürfnis, sich mit Enno auszutauschen. Oft kamen ihr im Zwiegespräch mit dem erfahrenen Kriminalisten die besten Ideen. Außerdem war sie es nicht gewohnt, allein zu arbeiten. Ihre größten beruflichen Erfolge hatte sie im Team mit dem Oberkommissar erzielt, das ließ sich nicht leugnen. Sie stand auf und sagte: »Vielen Dank für den Tee und die Informationen. Während der nächsten Tage werden Ihr Ex-Mann und Olaf Kress verhört, danach sehen wir hoffentlich klarer. Falls Ihnen noch etwas einfällt, dann können Sie mich jederzeit anrufen.«

Mit diesen Worten legte sie eine ihrer Visitenkarten auf den Küchentisch. Anna Grimm nahm diese an sich und fragte: »Glauben Sie, dass ich mich hier momentan sicher fühlen kann?«

»Die Borkumer Polizei wird ein Auge auf Sie haben«, versicherte die Kommissarin zum Abschied. Als sie hinaus auf den Störtebekerweg trat, wurde ihr erst bewusst, wie doppeldeutig diese Ankündigung zu verstehen war. Aber wäre es nicht absurd, Anna Grimm eine Verstrickung in ihre eigene Ermordung zu unterstellen? Oltbecks Fantasie würde für einen solchen Gedankengang ganz gewiss nicht ausreichen, darüber machte sich Mona keine Illusionen. Es kam ihr vor, als ob sie etliche lose Enden hatte, die sie nicht zu einem sinnvollen Ganzen verknüpfen konnte. Seufzend griff sie zum Smartphone und rief Enno an: »Was machst du gerade?«

»Ich sitze bei *Geeske & der swarte Roelf*, trinke ein Mineralwasser und habe eine Tabelle für die Aussagen der nächtlichen Augenzeugen erstellt. Allerdings konnte ich noch nichts eintragen. Die uniformierten Kollegen stapfen munter durch den Sand, finden aber niemanden, dem etwas Verdächtiges zu stiller Nachtzeit aufgefallen ist.«

Geeske war ein beliebtes uriges Lokal auf der Borkumer Promenade. Es befand sich nicht weit von der Musikkuppel.

»Alles klar, dann flitze ich jetzt zu dir rüber!«, kündigte die Kommissarin an, bevor sie sich auf den Weg machte. Es dauerte nicht lange, bis Mona ihr Fahrtziel erreicht hatte. Sie ließ ihr Rad in einem der dafür vorgesehenen Ständer an der Jann-Berghaus-Straße zurück und stieg die breite Steintreppe zur Promenade hinunter. Die imposante Gestalt ihres Kollegen war nicht zu übersehen. Er hatte an einem der Holztische im Außenbereich Platz genommen und sich so gesetzt, dass er in Richtung Musikkuppel und Strand schauen konnte. Er winkte ihr zu, und sie nahm gleich darauf ihm gegenüber Platz.

»Ich habe mir erlaubt, schon mal auch für dich ein Mineralwasser zu bestellen, Mona.«

»Du bist der Beste«, versicherte sie augenzwinkernd. Dann berichtete sie von ihrem Besuch bei Anna Grimm. Abschließend sagte die Kommissarin: »Ich bin nicht sicher, was für eine Rolle diese Frau spielt. Es gibt Details, auf die ich mir einfach keinen Reim machen kann.«

»Nenne mir mal ein Beispiel«, bat der Oberkommissar.

»Es ging schon los, als Anna und ich im Wohnzimmer gefesselt waren. Sie schien mir ziemlich furchtlos und gesammelt zu sein. Mir ist auch bekannt, dass Menschen höchst unterschiedlich auf Stresssituationen reagieren. Aber diese Frau … sie wirkte nach außen hin völlig gefasst, als ob sie nach wie vor die Kontrolle über unsere

47

Lage hätte. Vielleicht fühlte sie sich gar nicht ernsthaft in Gefahr – aber dazu passen ihre heutigen Worte nicht. Nach Anna Grimms Darstellung ist Traun ein gerissener und hochintelligenter Irrer, der über die Scheidung nicht hinwegkam.«

»Und du glaubst ihr nicht?«

»Ich weiß nicht, was ich denken soll, Enno. Wenn ich so eine Bedrohung durch den Ex wie ein Damoklesschwert über meinem Kopf schweben hätte, wäre ich wahrscheinlich viel unruhiger, als Anna Grimm es gestern gewesen ist. Gut, dadurch ist noch nichts bewiesen – aber warum hat sie Kress mit seinem Vornamen angesprochen, obwohl sie ihn angeblich noch nie zu Gesicht bekommen hat? Sie behauptete, eine Beschreibung von ihm erhalten zu haben … mehr nicht. Und außerdem hat sie durchblicken lassen, dass sie den Kerl für eine Flasche hält. Auch nach meiner Meinung ist Kress keine Geistesgröße – aber ich bin ihm wenigstens schon mal begegnet, obwohl ich darauf dankend hätte verzichten können.«

»Du hast sehr viele Überlegungen zu Anna Grimm angestellt«, erkannte der Ostfriese, »und du vermutest, dass sie vielleicht kein Opfer, sondern auch eine Mittäterin sein könnte?«

Mona erwiderte: »Ja, dadurch würde zumindest ihre scheinbare Furchtlosigkeit erklärt. Sie könnte angenommen haben, dass Kress sie bloß einschüchtern wollte. Lediglich mein Erscheinen hat ihn aus dem Konzept gebracht. Die Bombe hat er ja erst später ins Spiel gebracht.«

»Und auch da hat Anna Grimm sich nicht ängstlich gezeigt?«, wollte Enno wissen.

»Ich bin mir nicht sicher, denn ab dem Zeitpunkt haben sich die Ereignisse ja überstürzt, und bald darauf waren wir frei«, erwiderte Mona. Sie fuhr fort: »Mir sind noch andere Dinge aufgefallen, die mir merkwürdig vorkamen. - Wie ist Kress beispielsweise ins Haus gelangt? Hast du Einbruchspuren an der Tür bemerkt, bevor du sie eingetreten hast?«

»Mir ist nichts aufgefallen, aber in dem Moment war ich ganz auf den Zugriff konzentriert«, musste der Ostfriese zugeben. Mona nahm einen Schluck Wasser und sagte: »Laut Anna Grimm stand Kress plötzlich vor ihr. Sie hätte sein Eindringen nicht mitgekriegt, weil sie mit Kopfhörer Musik gehört hätte. Schön, aber ich habe diese Kopfhörer nirgendwo gesehen. Natürlich kann sie diese in einen Schrank geräumt haben – oder dieser Teil der Geschichte ist komplett erfunden, weil sie nämlich Kress selbst hereingelassen hat.«

Enno betonte: »Wenn ein Verbrecher auf Diebestour nicht gerade mit einem Stein ein Fenster einwirft, dann wird er irgendeine Art von mitgebrachtem Werkzeug benötigen – entweder einen Schraubendreher oder ein richtiges Einbruchbesteck. Das Messer, das wir bei Kress sichergestellt haben, ist dafür eher ungeeignet. Die Klinge ist zu schmal und dünn, sie könnte abbrechen. Dieses Indiz würde deine Annahme stützen, dass die Dame den Verdächtigen ins Haus gelassen hat – und zwar, nachdem er dich niederschlug!«

»Ja, so wird es gewesen sein«, bestätigte Mona aufgeregt. Sie sprach weiter: »Kress will also Anna Grimm nachts auf die Bude rücken. Leider bemerkt er mich und beschließt, mich in die Falle zu locken. Er wartet, dass ich am Haus erscheine – dann knockt er mich aus. Wahrscheinlich mit einem Stein, den er im Garten gefunden hat. Jedenfalls war außer dem Blut etwas Erde und Gras in meinem Haar. Nachdem ich außer Gefecht bin, klingelt er und verkündet stolz, dass er eine Polizistin niedergeschlagen hat. Er fesselt uns beide, wodurch mir Anna Grimm zunächst als ein weiteres Opfer an meiner Seite erscheinen muss.«

»Die Frau denkt, dass sie einfach nur die Rolle einer Gefangenen spielen soll, darum wirkt sie zuerst so unbeteiligt«, vermutete der Oberkommissar, »als sie dann den Sprengsatz sieht, kann sie kaum noch ihren Irrtum erkennen, weil wenig später die Kollegen und ich auf der Bildfläche erscheinen.«

»Angenommen, die Ex-Frau würde wirklich mit Traun und Kress unter einer Decke stecken«, dachte Mona laut nach, »welches Delikt sollen sie denn gemeinsam begangen haben? Reden wir über eine Straftat in der Vergangenheit? Oder plante das Trio einen gemeinsamen Coup, bei dem sie durch die Unbekannte in Uniform zu einem Quartett geworden sind – bevor die vierte Person aus noch unbekannten Gründen beseitigt werden musste?«

»Mir fallen einige Szenarien ein, bei denen eine Polizistin eine Rolle spielen könnte«, meinte der Oberkommissar, »beispielsweise könnte sie Wertgegenstände in einem Geschäft oder einem Privathaushalt ‚beschlagnahmen‘, um diese auf ihre Echtheit zu überprüfen.«

»Ja, wobei so ein Betrug früher oder später auffliegen würde«, ergänzte die Kriminalistin, »dies gilt natürlich nicht, wenn die Tat über das Planungsstadium nicht hinausgegangen ist. Man könnte sogar hier auf der Insel so ein Verbrechen durchziehen. Wir Polizisten von der Borkumer Wache sind den Einheimischen zwar vertraut, dies gilt aber nicht für die Unterstützungskräfte, die wir während der Sommermonate bekommen. Wobei den meisten Insulanern bekannt ist, dass wir in der Hauptsaison Verstärkung erhalten. Und wenn der Bestohlene ein Tourist sein sollte, wird er ohnehin nicht wissen, wer auf Borkum im Polizeidienst ist. Die Täterin könnte höchstens das Pech haben, während ihres Täuschungsmanövers echten Kollegen von uns über den Weg zu laufen.«

Enno nickte langsam und schaute Richtung Horizont. Es waren zahlreiche Windsurfer unterwegs, die bei der frischen Septemberbrise auf ihre Kosten kamen. Der Ostfriese sagte: »Du hast Anna Grimms Charakterstärke gut beschrieben. Auch Traun scheint mir eine harte Nuss zu sein. Das schwächste Glied in der Kette ist also Kress. Wir sollten uns darauf konzentrieren, ihm im Verhör die Wahrheit zu entlocken.«

Kapitel 8

Nachdem mehrere uniformierte Polizisten erfolglos über Stunden hinweg nach Zeugen für einen nächtlichen Leichentransport gesucht hatten, ließ Oltbeck die Aktion abbrechen. Für Mona stand fest, dass der Chef sich auf die »Yacht-Version« festgelegt hatte. Ihm erschien es logisch, dass die Frau von einem Boot oder Schiff aus ins Wasser geworfen worden und irgendwo in der Außenems ertrunken war. Nur mit genauer Kenntnis der Strömungsverhältnisse hatte man absehen können, dass die sterblichen Überreste auf der Insel angespült wurden. So gesehen ergab diese Möglichkeit den meisten Sinn. Auch Mona war keineswegs sicher, für welche Variante sie sich entscheiden sollte. Es erschien ihr allerdings fragwürdig, sich schon so früh festzulegen. Immerhin schien der Dienststellenleiter sich mit der Möglichkeit eines geplanten Diebstahls anfreunden zu können, als die Kommissare ihm diese Überlegung präsentierten. Sie waren inzwischen zur Wache zurückgekehrt.

»Ja, die Verwendung von Polizeiuniformen bei einem Eigentumsdelikt ist zwar keine Neuigkeit, hat es aber zumindest auf Borkum noch nicht gegeben. - Eine gute Idee, Frau Sander und Herr Moll«, meinte Oltbeck gönnerhaft. »Fragen Sie doch mal bei unseren ortsansässigen Händlern an, ob sie gerade besonders wertvolle Stücke vorrätig haben. - Die Anwälte der beiden Verdächtigen werden im Lauf des Nachmittags eintreffen, also können Sie mit etwas Glück zumindest heute noch eine Befragung durchführen, vielleicht sogar zwei.«

»Wurden eigentlich Handys an Bord der *Anna Traun* sichergestellt?«, wollte die Ermittlerin wissen. Der Chef schaute in seine Liste und erwiderte: »Wilfried Traun hatte ein Mobilgerät bei sich, als er verhaftet wurde. Von weiteren Apparaten steht hier nichts.«

»Bei Kress konnte kein Telefon sichergestellt werden«, warf Enno ein. Mit dieser Auskunft gab sich die Kommissarin zufrieden. Doch ihr nachdenklicher Gesichtsausdruck veranlasste ihren Kollegen dazu, sie nach Verlassen des Chefbüros noch einmal darauf anzusprechen: »Was geht dir zum Thema Handys durch den Kopf?«

»Angenommen, Anna Grimm ist wirklich eine Komplizin ihres Ex-Mannes. Dann muss sie mit ihm kommuniziert haben, richtig? Ich halte Traun für zu gerissen, um solche Gespräche mit seinem ,offiziellen' Smartphone zu führen – allein schon, weil er uns gegenüber behauptet hat, verwitwet zu sein. Und wer spricht schon mit seiner toten Frau, außer vielleicht durch ein Medium? - Scherz beiseite, dieser Typ geht auf Nummer sicher.«

»Die Yacht wurde durchsucht, es wurden keine weiteren Mobiltelefone gefunden«, gab der Oberkommissar zu bedenken. Mona schüttelte den Kopf: »Das besagt überhaupt nichts. Wir beide waren bei Trauns Verhaftung nicht dabei, aber wie wird sie über die Bühne gegangen sein? Er war natürlich wach, weil er auf die Rückkehr seines Handlangers wartete. Oder auf das Explosionsgeräusch, was weiß ich. Jedenfalls kehrte Kress nicht zurück. Stattdessen sah Traun, wie Polizeifahrzeuge sich schnell dem Yachthafen näherten. Er zählt zwei und zwei zusammen, wirft das Zweithandy ins Wasser und lässt sich festnehmen, wobei er den Ahnungslosen spielt. Trotzdem ist er nicht so schlau, wie er sich vorkommt.«

»Weil er uns weismachen wollte, dass seine Frau tot ist?«

»Genau, Enno! Selbst ein Polizeischüler im ersten Ausbildungsjahr hätte diese Angabe schnell überprüfen und feststellen können, dass sie noch lebt und sich auf Borkum befindet. Wir hatten zwar keinen Anlass, an seiner Darstellung zu zweifeln – aber wenn jemand schon eine Lüge präsentiert, dann sollte sie nicht so einfach aufzudecken sein.«

»Dir gegenüber hat Anna Grimm ja behauptet, dass Traun nicht alle Tassen im Schrank hat«, gab Enno zu bedenken.

»Irgendwie muss sie ja seine Handlungsweise erklären – aber ich wette mit dir, dass jeder psychiatrische Gerichtsgutachter Traun geistige Normalität und Schuldfähigkeit bescheinigen wird«, meinte Mona. Dann kam sie auf die Handys zu sprechen: »Ich halte Traun für einen Mann, der vorausschauend handelt. Er hat damit gerechnet, dass sein Mordplan scheitern könnte. Für den Fall wird er uns Kress als Bauernopfer präsentieren. Können wir beweisen, dass der Muskelmann nur die ausführende Kraft war? Nein, momentan ist uns das nicht möglich. Hat Traun mit Anna Grimm telefoniert? Wir wissen es nicht. Wenn die Frau nicht völlig belämmert ist, wird sie ihr Zweithandy ebenfalls entsorgt haben. Ganz abgesehen davon, dass die Staatsanwaltschaft uns niemals einen Durchsuchungsbeschluss für ihr Ferienhaus genehmigen wird. Diese Frau ist bisher einfach nur ein Verbrechensopfer.«

Während die Ermittler dieses Gespräch führten, hatten sie die Dienststelle verlassen und gingen Richtung Franz-Habich-Straße. In dieser beliebten Fußgängerzone zwischen Inselbahnhof und Rathaus befanden sich neben Souvenirshops und Textilgeschäften auch beliebte Lokale sowie einige Schmuckläden. Die Kommissare waren überall dort persönlich bekannt. Wenn sie nicht gerade einen Mordfall aufklären mussten, widmeten sie sich als Zivilbeamte der Bekämpfung des Taschendiebstahls. Auch einige Trickbetrüger hatten sie bereits festnehmen können.

»Was würdest du tun, wenn eine fremde Polizistin Ware von dir für eine angebliche Untersuchung beschlagnahmen wollte?«, fragte die Kommissarin einen alteingesessenen Juwelier direkt. Er schaute sie so verblüfft an, dass Enno ihr beisprang: »Das ist kein Scherz, es hätte tatsächlich passieren können.«

»Ich würde die Dame fragen, ob Mona und Enno heute nicht im Dienst sind«, erwiderte der Schmuckhändler, »und wenn mir die Antwort nicht einleuchtend vorkäme, dann ginge ich in mein Hinterzimmer – angeblich, um den Safe zu öffnen. Stattdessen würde ich auf der Wache anrufen.«

»Perfekt, diese Antwort wollte ich hören«, freute sich die Kommissarin. Die Ermittler bedankten sich. In den anderen Juweliergeschäften erhielten sie sinngemäß ähnliche Antworten.

»Unsere Borkumer Schmuckhändler sind zu clever, um auf so einen Mummenschanz hereinzufallen«, meinte Enno zufrieden, »und Einzelstücke von enormem Wert verkaufen sie alle nicht. Wer eine Polizeiuniform stiehlt, um bei einem Diebstahl richtig abzusahnen, wird das nicht für ein paar goldene Armreifen oder ein Ohrgehänge mit Nordsee-Motiv tun. Wir sollten nach einem Urlauber oder Einheimischen Ausschau halten, der wirklich teures Geschmeide besitzt.«

»Da beginnt die Schwierigkeit«, sagte Mona, »denn wenn es sich nicht gerade um einen Protz handelt, wird er seinen Reichtum nicht so öffentlich zur Schau stellen. Mir fällt jedenfalls auf Anhieb niemand ein, der als zukünftiges Opfer einer falschen Polizistin infrage käme. Wenn wir Glück haben, dann ist Kress so dämlich und verquatscht sich.«

*

Als die Kommissare nach ihren Besuchen bei den Juwelieren wieder zur Wache zurückkehrten, war inzwischen Wilfried Trauns

Strafverteidiger eingetroffen. Dr. Roland Gerber war ein stämmiger Mann in den Fünfzigern, der einen sorgfältig gestutzten grauen Vollbart und eine randlose Brille trug. Bekleidet war er mit einem Nadelstreifenanzug. Seine offiziell wirkende Montur stellte einen krassen Gegensatz zur Aufmachung seines Mandanten dar, der in Freizeitkleidung verhaftet worden war. Die beiden so unterschiedlich wirkenden Männer saßen nebeneinander im Verhörraum. Traun hatte die Hände auf der Tischplatte gefaltet, als ob er beten wollte. Mona und Enno kamen zu ihnen. Nachdem sich der Jurist und die Ermittler miteinander bekanntgemacht hatten, sagte Dr. Gerber: »Mein Mandant hat mich umfassend über die Ereignisse informiert. Er gibt an, mit dem glücklicherweise vereitelten Bombenattentat nicht das Geringste zu tun zu haben. Aber wie ich höre, konnten Sie den eigentlich Schuldigen bereits ebenfalls verhaften.«

Mona freute sich normalerweise, wenn sie recht hatte. In diesem Fall traf es allerdings nicht zu. Ihre Befürchtung, dass Traun seine Hände in Unschuld waschen wollte, verstärkte sich. Momentan wusste sie nicht, was sie dagegen unternehmen sollte. Die Befragung des zweiten Komplizen durch die Emder Polizei hatte jedenfalls nichts Belastendes gegen Traun ergeben. Der Besitzer des Honda Civic war offenbar nur durch Kress kontaktiert worden. Er hatte das Auto schon einige Tage zuvor nach Borkum gebracht und dafür ein Honorar kassiert. Dass der Wagen zur Begehung einer Straftat verwendet werden sollte, hatte der Mittäter angeblich nicht gewusst. Ob ihm das Gegenteil bewiesen werden konnte, war fraglich. Traun gab sich jedenfalls alle Mühe, wie die Unschuld vom Lande zu wirken. Er war damit einverstanden, dass die Befragung als Audiodatei aufgezeichnet wurde. Nachdem Enno ihn offiziell über seine Rechte belehrt hatte, schoss Mona gleich ihre erste Frage ab: »Warum haben Sie behauptet, dass die von Ihnen geschiedene Anna Grimm nicht mehr leben würde?«

»Jeder Mensch geht mit Verlust anders um, Frau Sander. Mir fiel es leichter, mir vorzustellen, dass meine Ex-Frau tot ist. Das mag Ihnen makaber erscheinen, und ich bin auch nicht stolz darauf. Doch ich hätte nicht gewollt, dass sie umgebracht wird – und Sie natürlich auch nicht!«

»Da bin ich aber erleichtert«, höhnte die Kommissarin. Dr. Gerber warf ihr einen gereizten Blick zu: »Wollen Sie sich über meinen Mandanten lustig machen, Frau Sander?«

»Nein, durchaus nicht. - Aber da ich in der vorigen Nacht beinahe in die Luft gesprengt worden wäre, bin ich heute vielleicht etwas empfindlich. - Ihnen war also nicht bekannt, dass Anna Grimm sich auf Borkum befindet, Herr Traun?«

»Nein, das wusste ich nicht.«

»Olaf Kress hat es aber herausgefunden«, stellte Enno fest.

»Dafür habe ich keine Erklärung«, behauptete der Verdächtige. Zu diesem Punkt hätte man einiges sagen können, aber Mona hielt sich zurück. Der Anwalt wartete vermutlich nur darauf, dass sie sich in wilden Spekulationen verzettelte. Aber sie hatte nicht vor, ins offene Messer zu laufen. Stattdessen fragte sie: »Was für einen Grund könnte Ihr Mitarbeiter gehabt haben, Anna Grimm – und mich – umbringen zu wollen?«

»Man kann keinen Mord begehen und eine Polizistin als Zeugin am Leben lassen, so brutal das klingen mag«, antwortete Traun, »bei meiner Ex-Frau ist die Sache schon komplizierter. Ich muss betonen, dass Olaf – also Herr Kress – niemals mit mir über sein Vorhaben gesprochen hat. Dann hätte ich ihn nämlich davon abgehalten. Ich muss also spekulieren, um Ihnen eine brauchbare Erklärung liefern zu können.«

»Wir sind ganz Ohr«, versicherte Enno. Dr. Gerber warf dem Oberkommissar einen missbilligenden Blick zu, aber Traun fuhr unbeeindruckt fort: »Ich hatte Ihnen ja schon anvertraut, dass ich sehr unter der Trennung von Anna gelitten habe. Dies wirkte sich natürlich auch auf meine Stimmung aus. Ich schlief oft schlecht, hatte Kopfschmerzen. Mein Mitarbeiter bekam natürlich mit, in welch miserabler Verfassung ich war. Kress erkundigte sich nach meinem Befinden. Und ich fürchte, dass ich ihm mehr als einmal mein Herz ausgeschüttet habe. Wenn mich also eine Schuld an dem Bombenanschlag trifft, dann auf diese Weise – indem Kress nämlich mitbekam, dass mein Leben durch die Scheidung aus dem Gleichgewicht geraten war.«

Der Strafverteidiger betonte: »Diese Aussage ist kein offizielles Eingeständnis einer Verantwortung! Herr Traun kann nicht für die Folgen seiner Offenheit dem Mitarbeiter gegenüber haftbar gemacht werden. Es war für ihn nicht abzusehen, dass Kress auf diese Weise reagieren würde.«

»Dazu kommen wir noch«, erwiderte die Kommissarin. Dann wandte sie sich wieder an den Verdächtigen: »Sie vermuten also, dass Ihr Zustand das Mitleid Ihres Angestellten erweckte und er sich an Ihrer Ex-Frau rächen wollte, weil es Ihnen wegen der Scheidung so schlecht ging?«

Mona kam sich selbst albern vor, als sie diese Frage stellte. Aber in Wirklichkeit spielte es gar keine Rolle, ob dieser Erklärungsversuch so absurd war, wie er sich anhörte. Für Traun zählte nur, mit sauberen Händen aus der Sache herauszukommen und seinen Handlanger im Regen stehenzulassen. Wenn es nach der Ermittlerin ging, würde diese Gleichung nicht aufgehen. Traun nickte ernsthaft: »Ja, Frau Sander – so muss man die Dinge wohl betrachten. Ich weiß nicht, ob Kress in mir eine Art Vaterersatz sieht, denn ich bin ja wesentlich älter als er. Für mich brach jedenfalls eine Welt zusammen, als ich durch Ihre Kollegen von seinem abgefeimten Plan erfuhr.«

So siehst du aus, dachte Mona. Sie sagte: »Und wie konnte Kress an Bord Ihrer Yacht eine Bombe bauen, ohne dass Sie etwas davon mitbekamen?«

Traun zuckte mit den Achseln und antwortete: »Ich bin ja nicht rund um die Uhr wach, Frau Sander. Vielleicht hat er daran gebaut, wenn ich schlief oder allein unterwegs war. Kress und ich sind ja keine siamesischen Zwillinge. Auch wenn er für mich gearbeitet hat, so führt doch jeder von uns ein eigenes Leben.«

»Woher wusste Ihr Angestellter, dass sich Anna Grimm auf Borkum befindet und wo genau sie wohnt?«, wollte Enno wissen.

»Diese Fragen müssen Sie Kress selbst stellen«, sagte Traun.

»Das werden wir tun, keine Sorge«, versicherte die Kommissarin. Der Anwalt wandte ihr sein Pokerface zu: »Offenbar haben Sie überhaupt nichts gegen meinen Mandanten in der Hand. Ich verlange, dass er umgehend auf freien Fuß gesetzt wird. - Herr Traun hat einen festen Wohnsitz und besitzt ein erfolgreiches Unternehmen. Seine Yacht wurde bereits von Ihnen durchsucht. Mir ist nicht klar, weshalb eine Flucht- oder Verdunkelungsgefahr gegeben sein sollte.«

Mona presste die Lippen aufeinander. Sie wusste, dass der Strafverteidiger recht hatte. Dass die Bombe vermutlich auf seinem Boot gebastelt worden war, ließ sich letztlich nicht beweisen. Und obwohl es den Kommissaren äußerst unwahrscheinlich erschien, dass Kress auf eigene Faust gehandelt hatte – solange dies zumindest theoretisch möglich war, musste Traun freigelassen werden.

»Sie halten sich aber zu unserer Verfügung«, sagte Enno zu dem Verdächtigen.

»Es steht meinem Mandanten frei, die Insel jederzeit zu verlassen«, unterstrich Dr. Gerber. Traun setzte ein unverbindlich wirkendes Lächeln auf, als er sich an den Oberkommissar wandte: »Keine Sorge, ich werde vorerst auf Borkum bleiben. Momentan habe ich ja keinen Matrosen, der mir auf meinem Kabinenkreuzer zur Hand gehen kann. Ich verstehe wirklich nicht, wie sich Kress zu einer so furchtbaren Tat hinreißen lassen konnte.«

Die Ermittlerin hätte ihm am liebsten an den Kopf geworfen, was sie von ihm hielt. Aber es war jetzt gewiss klüger, den Ball flach zu halten – besonders in Gegenwart des Rechtsanwalts. Sie musste tatenlos mit ansehen, wie Dr. Gerber und sein Mandant die Polizeistation verließen und sich draußen auf der Strandstraße mit Handschlag voneinander verabschiedeten.

»Wenn Kress bei der Befragung seinen Brötchengeber belastet, sieht die Welt schon wieder ganz anders aus«, meinte Enno mit seiner üblichen Zuversicht.

»Ja, die Hoffnung stirbt zuletzt«, murmelte Mona.

Kapitel 9

Als die Kommissarin am nächsten Morgen ihr Büro betrat, empfing ihr Kollege sie mit einem freundlichen Lächeln. Das war eigentlich nichts Neues, denn der Oberkommissar hatte meist gute Laune. An diesem Tag musste sich aber etwas besonders Erfreuliches ereignet haben. Mona war sehr empfänglich für solche Schwingungen. Sie schaute ihn prüfend an und fragte:»Moin, was stimmt dich denn so froh?«

»Ich habe soeben einen Anruf vom kriminaltechnischen Labor in Oldenburg erhalten«, lautete die Antwort. »Zunächst hat sich der Spezialist dafür entschuldigt, dass die Analyse so lange gedauert hat. Jedenfalls ergab der Abgleich der Fingerabdrücke einen Treffer. - Bei der Frau in der gestohlenen Uniform handelt es sich um eine gewisse Nicole Böttcher aus Bremerhaven. Sie konnte trotz ihres jungen Alters von vierundzwanzig Jahren schon auf eine beachtliche kriminelle Karriere zurückblicken.«

Mona war wie elektrisiert.

»Lass hören!«, bat sie. Der Ostfriese hatte seine Brille aufgesetzt und las das Wichtigste aus der elektronischen Strafakte von seinem Monitor ab:»Nicole Böttcher hat sich schon als Jugendliche mit Einbrüchen und Schutzgelderpressung beschäftigt. Sie war auch eine Zeitlang in einer Mädchengang. Ihre letzte Haftstrafe liegt drei Jahre zurück, seitdem ist sie nicht mehr polizeilich auffällig geworden.«

»Wir müssen dafür sorgen, dass ihre Angehörigen benachrichtigt werden«, sagte Mona, »und wenn sie nicht wissen, mit wem sie zuletzt Kontakt hatte, kann uns vielleicht ihr Bewährungshelfer einen Hinweis geben. Und die Kollegen in Bremerhaven werden auch Bescheid wissen. Als Mehrfachtäterin stand sie möglicherweise unter besonderer Beobachtung.«

»Davon kannst du ausgehen«, erwiderte der Oberkommissar. Er rief zunächst beim Polizeipräsidium Bremerhaven an und bat darum, dass den Böttchers die Todesnachricht persönlich mitgeteilt wurde. Mona und Enno fanden es immer besser, den Angehörigen solche Hiobsbotschaften von Mensch zu Mensch zu übermitteln und nicht einfach nur anzurufen. Außerdem ließ der Ostfriese sich mit einem Kollegen verbinden, der Nicole Böttcher gekannt hatte. Enno stellte sich mit Namen sowie Dienstgrad vor und berichtete vom Fund der Leiche. Der Bremerhavener Kollege Kommissar Stensen erwiderte:»Nicole Böttcher, tot in einer Polizeiuniform? Das ist wirklich unglaublich. Ich habe schon vor Jahren befürchtet, dass es mit ihr kein gutes Ende nehmen würde. Dabei war sie durchaus intelligent, sie hätte sich nicht auf ein verbrecherisches Leben einlassen müssen. Aber bei ihr stand immer der Wunsch nach dem schnellen Euro an erster Stelle – möglichst ohne anstrengende Arbeit.«

»Wir müssen herausfinden, wer als Mittäter infrage kommen würde«, sagte Enno. »Sind Sie über Nicole Böttchers aktuelle Kontakte informiert?«

»Ich fürchte, dass ich keine große Hilfe bin, Herr Moll. Ich habe die Täterin vor fünf Jahren festgenommen, ihre damalige Komplizin heißt Eva Teich. Ich glaube allerdings nicht, dass die Freundschaft der beiden jungen Damen noch existiert – wir konnten Nicole Böttcher nämlich nur verhaften, weil Eva Teich sie verraten hat.«

Enno erkundigte sich nach weiteren Personen aus dem Umfeld der Toten, aber Stensen konnte leider mit keinen weiteren Namen aufwarten. Der Oberkommissar bedankte sich und beendete das Telefonat. Mona hatte alles mitgehört.

»Wir könnten natürlich auch die Eltern fragen, aber wir sollten sie erst einmal den Schock der Todesnachricht verdauen lassen«, schlug die Kommissarin vor, »und wenn ich eine Kriminelle wäre, dann würde ich meiner Mutter bestimmt nicht unter die Nase reiben, mit wem ich das nächste krumme Ding drehen will.«

»Ja, die Eltern sollten wir zunächst außen vor lassen«, stimmte Enno zu, »da könnte diese Eva Teich schon eine erfolgversprechendere Kontaktperson sein.«

Er rief die Strafakte der damaligen Komplizin auf. Wenig später telefonierte der Ostfriese mit ihrem Bewährungshelfer, der zunächst bestürzt klang: »Bitte sagen Sie mir nicht, dass Eva in Schwierigkeiten steckt, Herr Moll!«

»Darauf deutet momentan nichts hin«, versicherte der Oberkommissar.

»Das freut mich, denn Eva gehört eigentlich zu denjenigen meiner Schützlinge, die eine erfolgreiche Rückkehr ins bürgerliche Leben geschafft haben«, erzählte der Bewährungshelfer. »Sie arbeitet in einem Drogeriemarkt und ist verlobt.«

»Wir benötigen von ihr nur eine Auskunft über ihre ehemalige Komplizin Nicole Böttcher.«

»Eva möchte keinen Kontakt mehr zu dieser Frau, denn durch Nicole ist sie damals auf die schiefe Bahn geraten, Herr Moll. Eva war früher leider sehr leicht beeinflussbar.«

»In dieser Hinsicht besteht keine Gefahr, denn Nicole Böttcher lebt nicht mehr. Wir untersuchen die Umstände ihres Todes.«

»Ich kann mir kaum vorstellen, dass Eva etwas damit zu tun haben könnte«, erwiderte der Beamte.

»Darum geht es nicht«, versicherte Enno geduldig. »Wir wollen nur mehr über die Hintergründe und das Umfeld der Toten erfahren.«

Widerstrebend verriet der Bewährungshelfer dem Oberkommissar die Mobilnummer seiner Klientin. Der Ostfriese bedankte sich und beendete das Telefonat.

»Darf ich Eva anrufen?«, bat Mona. »Ich komme mir sonst so nutzlos vor.«

»Klar, ich wollte sowieso gerade neuen Tee aufsetzen«, erwiderte Enno. Er gab seiner Kollegin die Nummer, bevor er das gemeinsame Büro verließ. Die Kommissarin tippte die Zahlenfolge in ihr Smartphone. Mehrere Male ertönte das Freizeichen. Sie führte sich vor Augen, dass Eva Teich momentan wahrscheinlich bei der Arbeit war, genau wie sie selbst. Eine hektisch klingende Frauenstimme ertönte: »Wer sind Sie? Wir dürfen während der Öffnungszeiten keine Privatgespräche führen!«

»Ich bin Kommissarin Sander von der Borkumer Polizei«, begann Mona und fügte schnell hinzu: »Bitte legen Sie nicht auf, ich habe ein dienstliches Anliegen. Es geht um Nicole Böttcher.«

Eva Teich antwortete nicht sofort. Im Hintergrund war Stimmengewirr zu hören, das Klirren von Einkaufswagen, die ineinandergeschoben wurden, außerdem leise »Fahrstuhlmusik« - offenbar befand sich die Zeugin tatsächlich an ihrem Arbeitsplatz. Eine Tür wurde geöffnet und geschlossen, danach war es deutlich ruhiger. Eva Teich sprach nun mit gedämpfter Stimme: »Ich bin jetzt in einem Lagerraum, aber mehr als ein paar Minuten Zeit habe ich nicht. - Was wollen Sie überhaupt von mir? Ich habe den Kontakt zu dieser Verbrecherin abgebrochen!«

»Das ist mir bekannt, und ich will Ihnen nicht Ihre Zeit stehlen«, versicherte die Kriminalistin, »allerdings muss ich Ihnen mitteilen, dass Nicole nicht mehr lebt. Ich untersuche die Umstände ihres Todes.«

»Nicole – wurde umgebracht?«, stieß Eva Teich hervor.

»Hundertprozentig wissen wir es noch nicht, aber einiges deutet darauf hin«, erklärte Mona. »Deshalb benötige ich mehr Informationen über das Opfer.«

Eva Teich erwiderte: »Ich habe Nicole schon seit Jahren nicht mehr gesehen. Als wir uns das letzte Mal trafen, stand sie vor Gericht und beschimpfte mich als ‚miese Verräterin‘, weil ich mich von ihr losgesagt habe. - Ich bin jetzt ein wenig verwirrt. Nicole und ich waren einmal beste Freundinnen. So kam es auch, dass ich mich von ihr mitziehen ließ. Sie werden erfahren haben, dass ich auch straffällig geworden bin. Wer weiß, was aus mir geworden wäre, wenn ich mich nicht gegen Nicole gestellt hätte. Dann wäre vielleicht ich es, die sterben musste. Haben Sie denn schon einen Verdacht?«

»Vermutlich war Nicole Böttcher wieder an einem Verbrechen beteiligt«, sagte die Kommissarin, »deshalb möchte ich erfahren, mit wem sie sich getroffen hat oder mit wem sie gemeinsame Sache machte. Was ist mit Freunden oder Ex-Freunden?«

»Da fällt mir sofort Boris Litbarski ein, mit dem ist sie eine Zeitlang zusammen gewesen. Ich weiß nicht, ob die beiden in letzter Zeit Kontakt hatten«, antwortete Eva Teich.

»Können Sie mir noch andere Namen nennen?«

»Nein, Frau Sander. Nicole kannte viele Menschen, hatte aber nur oberflächliche Kontakte. Wenn wir damals gemeinsam losgezogen sind, habe ich mich ganz auf sie konzentriert. Ich habe sie bewundert, weil ich dumm und leichtgläubig war. Wenn ich erkannt hätte, dass sie immer nur auf ihren eigenen Vorteil bedacht war, wäre ich nicht auf sie hereingefallen. - Sie konnte sehr charmant sein und die Menschen um den kleinen Finger wickeln, besonders die Männer … aber außer Boris fällt mir keiner ein, dessen Namen mir im Gedächtnis geblieben ist. Meist ist sie mit den Kerlen sowieso nur eine Nacht lang zusammen gewesen. - Ich muss jetzt wirklich weiterarbeiten, also ...«

Mona hielt Eva Teichs Angaben für glaubwürdig. Mit den Jahren hatte die Ermittlerin einen Sinn dafür entwickelt, ob ihr jemand einen Bären aufbinden wollte oder nicht. Meist erkannte sie eine Lüge sogar am Telefon.

»Ich muss Ihnen noch eine letzte Frage stellen, Frau Teich: Hat Nicole Böttcher die Namen Wilfried Traun oder Olaf Kress einmal erwähnt?«

»Nein – nicht dass ich wüsste«, erwiderte die Zeugin. Mona bedankte sich und wünschte noch einen schönen Tag, bevor sie das Gespräch beendete. Als Enno mit dem Tee zurückkehrte, schaute sie nachdenklich aus dem Fenster auf die sonnendurchflutete Strandstraße hinaus. Es war ein windiger Septembertag.

»Konntest du etwas erreichen?«, wollte der Oberkommissar wissen, während er ihr eine Tasse hinstellte.

»Die ehemalige Freundin hat mir einen Namen genannt, den ich jetzt erst mal überprüfen werde«, gab seine Kollegin zurück. Sie tippte den Namen Boris Litbarski in die Suchmaske ihres Programms und bekam schnell ein Ergebnis.

»Dieser Chorknabe hat zumindest ein wasserdichtes Alibi, Enno. - Ich weiß nicht, ob Nicole Böttcher zuletzt noch mit ihm liiert war. Auf jeden Fall sitzt Boris Litbarski in Bremen seit einem halben Jahr wegen Totschlags hinter Gittern.«

»Also konnte Eva Teich dir nicht viel weiterhelfen?«, fragte der Ostfriese. Mona antwortete nicht sofort. Sie schaute nach wie vor auf Litbarskis elektronische Strafakte, die sie geöffnet hatte. Er war ein bulliger Kerl mit rasiertem Schädel und Tattoos am Hals, der finster in die Kamera starrte. Allerdings hatte die Kommissarin selten erkennungsdienstliche Fotos gesehen, auf denen die Personen einen heiteren Eindruck machten. Sie sagte: »Laut diesen Angaben hier ist Litbarski eins neunzig groß, außerdem wirkt er sehr muskulös. An wen erinnert dich diese Beschreibung?«

»Du meinst, Nicole Böttcher könnte ihrem ‚Beuteschema‘ bei Männern treu geblieben sein?«, vergewisserte Enno sich.

»Das wäre zumindest möglich«, betonte die Kriminalistin. Gewiss gab es etliche Frauen, die auf große athletische Kerle standen, aber es war zumindest ein Ermittlungsansatz. Es wäre besser gewesen, wenn die Kommissare eine direkte Verbindung zwischen der falschen Polizistin und Kress hätten nachweisen können, aber vielleicht würde ihnen dies ja noch gelingen. Ennos Überlegungen gingen in dieselbe Richtung: »Es gibt interessante Parallelen zwischen den beiden Personen. Sowohl Nicole Böttcher als auch Olaf Kress sind mehrfach vorbestraft. Es kommt mir nicht unwahrscheinlich vor, dass sie sich in denselben Kreisen herumgetrieben haben. Die Welt ist klein, wie es so schön heißt. Und Nicole Böttcher hätte zumindest vom Äußeren her durchaus als Polizistin durchgehen können, zumal ja heutzutage auch Tattoos kein Tabu mehr sind.«

»Wem sagst du das«, gab Mona lächelnd zurück. Sie hatte selbst eine Tätowierung auf dem rechten Oberarm, die einen Löwenkopf darstellen sollte. Bevor die Ermittler intensiver über Nicole Böttcher sprechen konnten, wurde die Tür aufgerissen.

»Olaf Kress' Rechtsanwalt ist gerade eingetrudelt und spricht jetzt mit seinem Mandanten!«, verkündete Grietje.

Kapitel 10

Dr. Heiko Fabian machte einen ganz anderen Eindruck als sein Berufskollege, der am Vortag Wilfried Traun vertreten hatte. Und das lag gewiss nicht nur daran, dass der Jurist mit den widerborstigen dunkelblonden Haaren noch sehr jung war. Bei ihm handelte es sich um einen Pflichtverteidiger, wie er den Kommissaren einige Zeit später im Verhörraum unumwunden zugab. Dr. Fabian wirkte mit seinem kurzärmligen gemusterten Hemd und der Cargohose wie ein Tourist. Nur seine billig wirkende Aktentasche zeugte davon, dass er nicht zu seinem Privatvergnügen nach Borkum gereist war. Nachdem der Strafverteidiger die Namen der Kommissare erfahren hatte und er über die Vorwürfe informiert worden war, kam er sofort zur Sache: »Herr Kress gibt zu, eine Bombe konstruiert zu haben. Allerdings leugnet er eine Tötungsabsicht. Er wollte Frau Grimm lediglich ein wenig erschrecken – ein dummer Streich, wenn man das so bezeichnen möchte.«

Mit dieser Behauptung geriet er bei Mona an die Richtige.

»Um Menschen Angst einzujagen, reicht ein Knallfrosch völlig aus«, fauchte sie, »und selbst wenn der Sprengsatz keine tödliche Wirkung haben sollte – warum ist Ihr Mandant überhaupt in Frau Grimms Haus eingedrungen? Und was ist mit mir? Wollte er mich ebenfalls nur erschrecken? Und warum hat er mich niedergeschlagen?«

Nachdem die Kommissarin diese Fragen gestellt hatte, warf Dr. Fabian Kress einen überrascht wirkenden Blick zu – worüber sich die Ermittlerin nicht wunderte. Sie hielt den Verdächtigen für behämmert genug, seinen Angriff auf eine Polizeibeamtin im Dienst seinem Anwalt verschwiegen zu haben. Glaubte er wirklich, diese Straftat unter den Teppich kehren zu können? Denken schien jedenfalls nicht Kress' größte Stärke zu sein. Der Strafverteidiger bat um eine Unterbrechung, um sich mit seinem Mandanten erneut beraten zu können.

Die Kriminalisten gingen hinaus. Mona hatte ohnehin Gesprächsbedarf: »Traun lässt seinen Helfer im Regen stehen, Enno! Wie soll dieser Jungspund-Anwalt Kress vor der Höchststrafe bewahren? Wir reden hier immerhin über Mordversuch in zwei Fällen. Es ist nicht so, dass ich diesen Muskelprotz bemitleiden würde – er hat sich selbst zuzuschreiben, was mit ihm geschieht. Aber was macht

Traun so sicher, dass Kress dichthält? Oder glaubst du ernsthaft, dass der Bombenanschlag auf dem Mist des Mitarbeiters gewachsen ist?«

»Das habe ich keine Sekunde lang angenommen«, versicherte der Ostfriese, »doch solange wir Traun seine Rolle als Anstifter nicht nachweisen können, wird er sich seiner Freiheit erfreuen. Meiner Meinung nach gibt es nur einen plausiblen Grund dafür, dass Kress für seinen Boss den Kopf hinhält: Traun hat ein Druckmittel gegen ihn in der Hand, das sehr stark ist.«

Diese Möglichkeit erschien auch der Kommissarin einleuchtend. Sie hatte allerdings noch einen Hebel in der Hand, um Kress' Schweigen zu brechen. Ob sie damit Erfolg haben würde, musste sich zeigen. Nach einer Weile rief Dr. Fabian die Ermittler wieder herein. Er sagte zu Mona: »Herr Kress bedauert, Sie verletzt zu haben. In der Dunkelheit erkannte er nicht, dass Sie eine Polizeibeamtin sind, und fühlte sich bedroht. Er ...«

»Das ist doch kompletter Unsinn!«, platzte sie heraus. »Selbst wenn das stimmen würde – als er mich gefesselt hat, befand ich mich im Inneren des Hauses. Und dort brannte Licht. Außerdem kennt mich Ihr Mandant, ich habe mich ihm früher am Tag als Kommissarin legitimiert. Er teilte mir mit, dass er schon immer einen Bullen umbringen wollte. Wie passt das zu der angeblichen Harmlosigkeit des Sprengsatzes?«

»Das hab ich nie gesagt«, behauptete Kress, wobei er Mona einen heimtückischen Blick zuwarf. *Dir wird dein Grinsen schon noch vergehen,* dachte sie wütend. Enno kam auf einen anderen Aspekt zu sprechen: »Der Sprengsatz ist inzwischen sichergestellt worden und wird von Spezialisten untersucht. Dann lässt sich zweifelsfrei feststellen, ob die Bombe eine tödliche Wirkung gehabt hätte oder nicht.«

»Könnte Ihr Mandant uns verraten, wie er in das Haus der Geschädigten gelangt ist? Und warum er Frau Grimm ‚erschrecken‘ wollte?«, hakte die Kommissarin nach.

»Daran kann Herr Kress sich nicht erinnern«, erwiderte der Strafverteidiger. Er schien sich selbst nicht ganz wohl in seiner Haut zu fühlen, als er diese Sätze von sich gab. Ob Dr. Fabian ahnte, dass Kress ihn genauso verschaukeln wollte wie die Polizisten? Ein erfahrener Anwalt ließ sich eine solche Behandlung nicht gefallen, da er für eine gute Verteidigung die ganze Wahrheit kennen musste. Doch dafür fehlte es dem jungen Juristen offenbar an Berufspraxis. Aber das war nicht Monas Problem. Sie änderte nun ihre Taktik.

»Ihr Mandant ist offenbar nicht sehr gesprächig, Herr Dr. Fabian. Vielleicht möchte er sich einfach ein paar Fotos anschauen?«

Mit diesen Worten legte sie einige Bilder auf den Tisch, die das Gesicht der toten Nicole Böttcher zeigten. Mona hatte die Aufnahmen am Strand mit ihrer eigenen Smartphone-Kamera gemacht und später ausgedruckt. Kress' Reaktion war bemerkenswert. Er rang nach Luft, als ob ihm jemand die Kehle zugedrückt hätte. Das Blut wich aus seinen Wangen. Der Verdächtige hielt sich mit beiden Händen an der Tischkante fest.

»Sie scheinen die Frau zu kennen«, stellte die Kommissarin fest.

»Nicole … ist tot?!«, brachte Kress röchelnd hervor. »Wer hat ihr das angetan?«

»Wir hatten gehofft, von Ihnen eine Antwort auf diese Frage zu erhalten«, erklärte Enno.

Dr. Fabian schaute die beiden Kommissare abwechselnd an, bevor er den Mund öffnete: »Ich bin irritiert, Frau Sander und Herr Moll. Geht es bei dem heutigen Verhör denn nicht nur um die Ereignisse im Haus von Frau Grimm? Werfen Sie meinem Mandanten auch noch vor, diese Polizistin getötet zu haben?«

Natürlich hatte auch der Strafverteidiger gesehen, dass die Leiche eine Uniform anhatte.

»Nicole Böttcher – so lautet der Name des Opfers – war *keine* echte Polizistin«, stellte Mona klar. Sie fuhr fort: »Vielmehr könnte sie in ein Verbrechen verwickelt sein, von dem Ihr Mandant Kenntnis hatte. Wir möchten ihn als Zeugen befragen, um den Tod dieser Frau aufzuklären.«

Kress war bisher stets sehr selbstsicher, fast großspurig aufgetreten. Doch der Anblick dieser Fotos schien ihn ernsthaft zu erschüttern. Mona konnte natürlich nur darüber spekulieren, was sich gefühlsmäßig zwischen ihm und dem Opfer abgespielt hatte. Aber es schien wirklich so etwas wie Liebe gewesen zu sein, zumindest von Kress' Seite her. Ob Nicole Böttcher auch etwas für ihn empfunden hatte?

»Ich hab keinen blassen Schimmer, wer Nicole auf dem Gewissen hat«, murmelte Kress mit tonloser Stimme, »aber wenn ich ihn erwische, dann werde ich ihn zerquetschen wie eine Wanze!«

Mit solchen Äußerungen redete man sich natürlich um Kopf und Kragen, vor allem in Gegenwart von Polizeibeamten. Daher fuhr der Strafverteidiger schnell dazwischen: »Sie dürfen die Worte meines Mandanten nicht auf die Goldwaage legen! Es ist doch offensichtlich, dass der Tod dieser Frau ihn sehr aufgewühlt hat. - Ich bitte darum, die weitere Befragung zu verschieben. Außerdem werde ich beantragen, dass keine Untersuchungshaft verhängt wird.«

Wovon träumst du denn nachts?, dachte die Kommissarin. Es erschien ihr äußerst unwahrscheinlich, dass ein Richter Kress auf freien Fuß setzen würde. Selbst ohne ein Geständnis wogen die gegen ihn vorliegenden Beweise einfach zu schwer. Hinzu kam das Tatmittel, nämlich eine Bombe. Gerade bei solchen Fällen gingen die Gerichte lieber auf Nummer sicher.

»Gut, sprechen wir zu einem späteren Zeitpunkt weiter«, erwiderte Mona. Dann wandte sie sich direkt an Kress: »Wenn Sie etwas für Nicole tun wollen, dann legen Sie Ihre Karten auf den Tisch. Sie können den Mörder Ihrer Freundin nicht zur Verantwortung ziehen – wir hingegen schon. Helfen Sie uns dabei.«

Der Verbrecher sah in diesem Moment aus wie ein geprügelter Hund. Die Ermittlerin konnte nicht einschätzen, ob ihr Appell bei ihm überhaupt angekommen war. Enno rief Polizeimeister Claas Lammer, damit er Kress zurück in die Arrestzelle führte.

Dr. Fabian gab Mona seine Visitenkarte: »Ich werde zunächst auf der Insel bleiben und versuchen, auf meinen Mandanten einzuwirken.«

»Machen Sie ihm klar, dass er durch eine Zusammenarbeit mit der Polizei seine Lage nur verbessern kann«, verdeutlichte die Kommissarin, »die Analyse des Sprengsatzes wird die Gefährlichkeit dieser Bombe zeigen. Kein Mensch baut so eine Höllenmaschine, nur um Leuten einen Schrecken einzujagen.«

»Wie Sie meinen. - Wir bleiben in Kontakt«, erwiderte der Jurist ausweichend, bevor er sich verabschiedete.

»Dieser Jüngling kann einem fast leidtun«, meinte Enno, als Dr. Fabian fort war, »er kämpft auf verlorenem Posten und hat es wahrscheinlich noch gar nicht erkannt. Ich bezweifle, dass er diesen komplexen Fall überblickt.«

»Da dürfte Dr. Fabian wohl nicht der Einzige sein«, erwiderte Mona, wobei sie den Mund verzog. Sie fragte: »Wollen wir versuchen, die bisherigen Puzzlestücke zusammenzufügen?«

Der Ostfriese sagte: »Ja, gern – wobei selbst Oltbeck jetzt einsehen wird, dass es eine Verbindung zwischen ihr und Kress gibt. Aber wir wissen immer noch nicht, warum sie eine Polizeiuniform getragen hat.«

»Ich bleibe bei unserer Annahme, dass Nicole einen oder mehrere Wertgegenstände ‚beschlagnahmen‘ sollte, Enno. Vielleicht wäre sie zusammen mit einem Komplizen aufgetreten. Nicht mit dem Dummbeutel Kress, der könnte nie überzeugend einen Polizisten spielen. Aber Traun selbst, ausgestattet mit einem gefälschten Dienstausweis? Er wirkt so seriös, dass man ihm den Kriminalbeamten durchaus abnehmen würde.«

»Ich muss dir leider recht geben«, stimmte der Oberkommissar zu. Er fuhr fort: »Diesen Dienstausweis – falls es ihn überhaupt gab – kann Traun mitsamt dem Handy über Bord geworfen haben, bevor unsere Kollegen ihn verhafteten. Angenommen, es war so: Nicole und Traun wollten bei einem zukünftigen Opfer als Polizei-Duo auftreten. Aber bevor es dazu kam, ertrank Nicole – vermutlich durch Fremdeinwirkung. Aus welchem Grund musste sie sterben?«

»Darüber können wir nur spekulieren«, unterstrich Mona, »entweder hat sie kalte Füße bekommen oder sie wollte einen zu großen Anteil an der Beute. Es kann auch noch andere Möglichkeiten gegeben haben. Mich verwirrt nur, dass Kress offensichtlich von ihrem Tod völlig überrascht wurde. Diese Flachzange ist kein überzeugender Schauspieler. Er ist wirklich aus allen Wolken gefallen, als er die Fotos sah. Also muss er bis vorhin angenommen haben, dass Nicole am Leben ist und es ihr gut geht.«

»Ich verstehe, worauf du hinauswillst«, erwiderte Enno und ergänzte: »Du gehst davon aus, dass Kress nicht an ihrem Tod beteiligt war. Also kann sie nicht von der *Anna Traun* aus ins Meer geworfen worden sein, das hätte er mitbekommen müssen.«

»Nicht unbedingt«, schränkte die Kommissarin ein, »es wäre ja möglich, dass Kress gepennt hat, während Traun seine Freundin in die Nordsee beförderte. Aber Nicole war jung und fit, sie würde sich gewehrt haben – falls sie nicht unter Drogen stand.«

»Es ist schon schlimm genug, dass Traun sich bei dem Sprengstoffanschlag so perfide herauswinden konnte«, meinte Enno stirnrunzelnd, »und wenn du recht hast, sollten wir ihn ganz gewiss nicht mit einem Mord davonkommen lassen.«

»Ich hoffe immer noch auf Kress«, gestand Mona und fügte erklärend hinzu: »Er kennt zumindest einen Teil der Wahrheit, da bin ich mir sicher. Und es ist eigentlich Quatsch, was ich gerade gesagt habe. Nicole kann nicht von Bord der Yacht geworfen worden sein. Selbst wenn Kress den eigentlichen Mord nicht mitbekommen hat – wie hätte Traun seinem Handlanger verklickern können, dass dessen Freundin morgens nicht mehr da ist? Die *Anna Traun* war auf hoher See. Selbst Kress ist nicht so dumm, dass er in dem Fall nicht misstrauisch werden würde.«

»Klar, da hast du recht. Also wird Nicole an Land gewartet haben. Aber wer hat sie auf dem Gewissen? Mir fällt momentan nur eine Person ein, nämlich Anna Grimm – die angeblich mit ihrem Ex-Mann nichts mehr zu schaffen hat.«

Mona ergänzte: »Und das glauben wir ihr sowieso nicht.«

Es klopfte an der Tür. Gleich darauf trat Polizeimeisterin Aiske Berend ein, grüßte höflich und legte die Mappe mit der Dienstpost auf den Schreibtisch der Kommissarin. Mona bedankte sich. Als Aiske wieder gegangen war, sagte sie: »Wenn Grietje nicht hereingestürmt kommt und mich mit der Post bewirft, dann fehlt mir irgendwie etwas. - Enno, hier ist endlich der Obduktionsbericht!«

Sie hatte das Dokument hervorgezogen und überflog den Text. Ihr Kollege kam herüber, setzte seine Brille auf und linste über ihre Schulter. Er sagte: »Alles klar, der Todeszeitpunkt lag also zwischen Mitternacht und ein Uhr früh. Und jetzt haben wir auch den endgültigen Beweis dafür, dass Nicole nicht in der Nordsee ertrunken ist.«

»Ja, denn ihre Lungen waren mit Süßwasser gefüllt. Und es ließen sich Spuren von Badeöl nachweisen!«, ergänzte Mona.

Kapitel 11

Die Kommissarin las weiter. Im Blut der Toten konnte eine hohe Konzentration von Benzodiazepin nachgewiesen werden – dem Wirkstoff in einigen starken Beruhigungsmitteln.

»Wenn du mich fragst, dann hat jemand Nicole mit dieser Substanz ruhiggestellt, bis kein Widerstand mehr zu befürchten war«, sagte Mona zu Enno, »danach war es ein Leichtes, sie in einer Badewanne zu ertränken und an den Strand zu schaffen. So sollte der Eindruck entstehen, sie wäre angespült worden.«

»Ja, wobei mir nach wie vor unklar ist, warum der Täter ihr die Uniform nicht wieder ausgezogen hat«, überlegte der Ostfriese. Er fügte hinzu: »Dieses Detail können wir klären, sobald wir den Mörder verhaftet haben. Wir sind uns wohl einig darüber, dass niemand sich freiwillig ein so starkes Beruhigungsmittel in einer so gewaltigen Dosis genehmigt. Nicole ist offensichtlich reingelegt worden – wahrscheinlich von einer Person, der sie vertraut hat.«

»Ja, ich bin ganz deiner Meinung«, bestätigte Mona. »Wir müssen uns klarmachen, dass wir es mit einer abgebrühten Berufsverbrecherin zu tun haben. Im Gegensatz zu Eva Teich hat Nicole anscheinend nicht ernsthaft versucht, ein gesetzestreues Leben zu führen. Sie ist in ihren Unterweltkreisen geblieben, was ihr letztlich zum Verhängnis wurde.«

Der Ostfriese nickte und sagte: »Ich bin gespannt, wie Oltbeck auf unsere neuesten Erkenntnisse reagiert.«

Diese Frage ließ sich wenig später beantworten. Die Kommissare saßen im Chefbüro und berichteten, was sie seit der letzten Besprechung herausgefunden hatten. Das Gesicht des Vorgesetzten schien immer länger zu werden.

»Also musste der mutmaßliche Anstifter des Sprengstoffanschlags auf freien Fuß gesetzt werden?«, vergewisserte Oltbeck sich. »Ist dieser Traun denn auch für den Mord an Nicole Böttcher verantwortlich?«

»Ich kann mir nicht vorstellen, dass er ihr das Benzodiazepin persönlich verabreicht hat«, sagte Mona, »denn er befand sich ja an Bord seiner Yacht, als die Frau ertrunken ist. Das geschah laut Obduktionsbericht in der Nacht vom 31. August auf den 1. September, zwischen Mitternacht und ein Uhr früh. Und zu der Zeit befand sich die *Anna Traun* noch gar nicht wieder in Borkumer Gewässern.«

»Traun könnte aber auch in diesem Fall der Drahtzieher gewesen sein«, ergänzte Enno. Der Vorgesetzte klang unwirsch, als er den Mund öffnete: »Mit *könnte* und *wäre* löst man keinen Mordfall, Frau Sander und Herr Moll! Nicole Böttcher spielte offenbar bei einem geplanten Verbrechen eine tragende Rolle, wobei die Polizeiuniform ein unverzichtbares Detail darstellte. Wissen Sie denn inzwischen, was diese Verbrecher vorhatten? Es wäre einfacher, das Rätsel von dieser Seite aus zu lösen.«

Jetzt hat er selbst das Wort wäre *benutzt,* dachte die Kommissarin und unterdrückte ein breites Grinsen. Sie erwiderte: »Ich halte Anna Grimm für eine Mittäterin, vielleicht hat sogar sie dem Opfer das Betäubungsmittel verabreicht und Nicole anschließend ertränkt. Bisher gibt es allerdings noch keine Beweise dafür, dass sie mit ihrem Ex-Mann zusammengearbeitet hat. Falls Nicole bei Anna Grimm im Ferienhaus war, konnte sie alle Spuren, die in diese Richtung weisen, verwischen. Falls wir einen Durchsuchungsbeschluss für das Gebäude erwirken könnten, ließe sich vielleicht DNA der Toten dort nachweisen. Wenn Anna Grimm leugnet, die Tote gekannt zu haben, hätten wir sie bei einer dicken Lüge ertappt. - Sie haben doch eine so gute Verbindung zur Staatsanwaltschaft, Herr Oltbeck. Meinen Sie nicht, dass Sie etwas erreichen könnten?«

Während Mona diese Frage stellte, versuchte sie möglichst arglos zu wirken. Es war auf der Borkumer Dienststelle ein offenes Geheimnis, dass der Chef eine besondere Vorliebe für die junge und attraktive Staatsanwältin Dr. Elisabeth Becker hatte, die in Emden für die Fälle auf der Nordseeinsel zuständig war. Über eine harmlose Schwärmerei war dieses Verhältnis nie hinausgegangen, soweit Mona wusste. Aber sie spielte diese Karte gern aus, wenn es für die Aufklärung eines Falls sinnvoll erschien. Die Erwähnung der Emder Behörde schien Oltbecks Laune schlagartig zu verbessern: »Die Hinweise auf eine Tatbeteiligung von Anna Grimm sind mehr als dürftig, außerdem waren die Kriminaltechniker ja schon im Ferienhaus ...«

Mona fiel ihm ins Wort: »Da haben die Kollegen aber noch nicht nach DNA-Spuren gesucht!«

»Das weiß ich auch, Frau Sander. - Ich werde jedenfalls versuchen, Frau Dr. Becker einen Durchsuchungsbeschluss abzuringen. Sie können ja in der Zwischenzeit noch einmal zu Anna Grimm gehen und auf den Busch klopfen. Vielleicht verwickelt sie sich ja in Widersprüche.«

Der Dienststellenleiter griff zum Telefonhörer, für ihn war die Besprechung offenbar beendet. Die Kommissare verließen sein Büro und wenig später die Wache. Als sie in ihrem Dienstwagen saßen, sagte Mona: »Wir dürfen Anna Grimm nicht spüren lassen, dass wir sie verdächtigen. Wir müssen uns ganz auf Traun konzentrieren und so tun, als ob so wir ihn für den alleinig Schuldigen halten, der Kress nur als ein Werkzeug betrachtet hat.«

»Ja, so sollten wir vorgehen«, stimmte Enno zu, »und übrigens liefert Nicole Böttchers Obduktionsergebnis jetzt auch ein Motiv für den geplanten Mord an Anna Grimm – ein Motiv, das nichts mit der angeblich gekränkten Eitelkeit eines geschiedenen Mannes zu tun hat.«

»Wie meinst du das?«, fragte die Kommissarin, obwohl sie ahnte, worauf ihr Kollege hinauswollte.

Ich stelle es mir so vor: »Nicole Böttcher hält sich bei Anna Grimm auf, weil die beiden Komplizinnen bei Trauns Coup sind – worin immer dieser bestehen mag. Es kommt zum Streit, Anna betäubt Nicole und ertränkt sie. Als Traun Wind davon bekommt, dass seine Helferin in Polizeiuniform tot ist, fällt sein Vorhaben wie ein Kartenhaus in sich zusammen. Das kann er natürlich nicht auf sich sitzen lassen. Er beauftragt seinen treuen Schergen Kress damit, Anna in die Luft zu sprengen. Sie ahnt nichts von diesem Mordplan und lässt ihn arglos ins Haus, als er nachts bei ihr klingelt. Vorher hat er dich niedergeschlagen und schleift dich hinein, nachdem er Anna Grimm gefesselt hat. Den Rest kennst du.«

»Ja, allerdings«, gab Mona seufzend zurück, da sie nur ungern an diese Niederlage zurückdachte, »wobei ich noch nicht verstehe, woher Traun von Nicoles Tod erfahren haben will.«

»Vielleicht von Anna Grimm selbst«, vermutete der Ostfriese, »sie könnte ihn angerufen haben: ‚Warum hast du mir so eine unfähige Helferin untergejubelt? Ich musste Nicole beseitigen, weil sie es nicht gebracht hat!‘«

Während die Ermittler miteinander sprachen, fuhren sie bereits Richtung Störtebekerweg. Die Kommissarin dachte über die Worte ihres Kollegen nach. Die Dinge konnten sich durchaus so abgespielt haben, wie er vorgeschlagen hatte. Wie sich dies beweisen lassen konnte, war ihr allerdings noch nicht klar. So, wie sie Anna Grimm einschätzte, würde diese Frau nicht sofort bei der ersten Beschuldigung zusammenbrechen und ein tränenreiches Geständnis ablegen. Wenig später brachte Enno den Wagen vor dem Ferienhaus zum Stehen. Als die Kommissare sich zu Fuß der Eingangstür näherten, hörten sie leise Radiomusik. Zwei Fenster standen in Kippstellung, die Bewohnerin schien daheim zu sein. Die Tür war immer noch nicht komplett repariert worden, vermutlich stand momentan kein Handwerker zur Verfügung – oder es mussten erst Ersatzteile vom Festland beschafft werden. Nachdem Enno geklingelt hatte, wurde von Anna Grimm geöffnet. Sie trug eine helle Bluse und eine weite modische Leinenhose in Grün. Die Verdächtige lächelte die Ermittler an und machte eine einladende Geste: »Schön, Sie zu sehen, treten Sie doch bitte näher. Gibt es etwas Neues?«

Die beiden antworteten nicht sofort, sondern folgten ihr auf die Terrasse hinter dem Haus. Dort hatte sie offenbar gesessen, auf dem Gartentisch stand eine große Karaffe mit selbstgemachter Limonade.

»Die müssen Sie probieren, sie ist alkoholfrei«, erklärte Anna Grimm, als sie Monas neugierigen Blick bemerkte. Bevor die Kommissare reagieren konnten, eilte sie ins Haus zurück und kehrte mit zwei hohen Longdrinkgläsern zurück. Als die Ermittler Platz genommen hatten und mit Limonade versorgt waren, sagte die Kriminalistin: »Leider habe ich keine guten Nachrichten. - Wir mussten Ihren Ex-Mann auf freien Fuß setzen, weil ihm eine Tatbeteiligung an dem Sprengstoffanschlag nicht nachgewiesen werden konnte.«

»*Noch* nicht«, ergänzte Enno. Anna Grimm tat, als ob sie überrascht und enttäuscht wäre. Dabei hätte Mona darauf wetten können, dass diese Frau in Kontakt mit Traun stand und daher über seine Freilassung bereits Bescheid wusste.

»Kress hält dicht, und solange er seinen Arbeitgeber nicht belastet, sind uns die Hände gebunden«, berichtete die Kriminalistin. Dann zog sie ein Foto von Nicole Böttcher hervor. Sie hatte bewusst nicht eines der Bilder genommen, die es von der Toten gab. Vielmehr benutzte Mona die erkennungsdienstlichen Aufnahmen der Straftäterin, die einige Jahre alt waren. Anna Grimm sollte begreifen, dass die Polizei über Nicole Böttchers Vergangenheit bereits Bescheid wusste.

»Haben Sie diese Person schon einmal gesehen?«, fragte die Kommissarin, wobei sie sich um einen möglichst neutralen Tonfall bemühte. Anna Grimm betrachtete die drei Fotos, die Nicole frontal sowie von links und rechts zeigten. Der Gesichtsausdruck der Verdächtigen blieb völlig regungslos. Mona führte sich vor Augen, dass sie es mit einer sehr selbstbeherrschten Frau zu tun hatte. Anna

Grimm schüttelte langsam den Kopf: »Ich bedaure, aber dieses junge Ding habe ich noch niemals gesehen. Steht sie in Diensten meines Mannes? Hat sie was mit der Bombe zu tun? Hat sie ein Geständnis abgelegt?«

Das dürfte einer Toten wohl ziemlich schwerfallen, dachte die Kommissarin. Sie sagte: »Nein, aber bei Nicole Böttcher – so heißt sie – handelt es sich um Kress' Freundin. Wir sind uns über ihre eigentliche Rolle allerdings noch nicht ganz im Klaren.«

Wenn Anna Grimm die Leiche am Strand platziert hatte, dann konnte sie sich denken, dass die Polizei diese bereits gefunden hatte. Die Insel war nicht so groß, dass ein toter Körper am Ufer tagelang unentdeckt blieb. Mona versuchte es mit einem Täuschungsmanöver: »Nicole Böttcher lebt nicht mehr, die Todesursache ist noch unklar. Spaziergänger haben ihre nackte Leiche am Strand gefunden.«

Anna Grimms Miene zeigte für einen Moment Erstaunen, dann hatte sie ihre Gesichtsmuskeln wieder im Griff. Nun war die Kommissarin endgültig davon überzeugt, dass diese Frau die vollständig bekleidete Tote in den Sand gekippt hatte. Natürlich wäre es theoretisch möglich gewesen, dass ein Dritter den Körper später entkleidet hätte. Aber das war nicht geschehen.

»Das ist ja schrecklich«, sagte Anna Grimm nach einer kurzen Pause. Sie fügte scheinbar beiläufig hinzu: »Haben Sie meinen Ex zu dieser Frau befragt?«

Mona nahm einen Schluck Limonade und antwortete: »Noch können wir Traun nicht nachweisen, dass er Nicole Böttcher überhaupt kannte. Haben Sie eine Idee, warum sie für Ihren Ex tätig gewesen sein könnte?«

»Nein, da kann ich Ihnen leider nicht weiterhelfen«, behauptete Anna Grimm. Sie fuhr fort: »Für mich steht nur fest, dass es um krumme Geschäfte gegangen sein muss. Es waren erkennungsdienstliche Fotos, die Sie mir vorgelegt haben, nicht wahr? Also ist diese Nicole Böttcher bereits mit dem Gesetz in Konflikt geraten.«

Noch hatte Mona nicht die geringste Ahnung, wie sie die Tote mit Anna Grimm in Verbindung bringen sollte. Waren die Kommissare vielleicht auf dem Holzweg? Aber falls Trauns Ex-Frau Nicole Böttcher nicht ertränkt haben sollte – wer käme sonst infrage? Die Kommissarin machte sich bewusst, dass unter den Fingernägeln des Opfers keine brauchbaren Spuren von Täter-DNA sichergestellt werden konnten. Dies war dem Obduktionsbericht zu entnehmen gewesen. Wegen der starken Betäubung durch das Benzodiazepin hatte Nicole Böttcher keinen nennenswerten Widerstand leisten können. Mona spürte, dass Anna Grimms Blick auf ihr ruhte. Ob die Verdächtige ahnte, was der Ermittlerin durch den Kopf ging? Die Kommissarin verabscheute ihre eigene Hilflosigkeit. Und sie hoffte, dass man ihr ihre Stimmung nicht an der Nasenspitze ansehen konnte. Ihr Smartphone klingelte. Grietje war am Apparat.

»Es hat einen Raubüberfall gegeben. Können du und Enno euch darum kümmern?«

Kapitel 12

Monas Puls beschleunigte sich.

»Ja, machen wir. - Wann und wo hat sich die Tat ereignet?«, hakte sie nach.

Die Polizistin antwortete: »Der Geschädigte heißt Andreas Burkhardt, er hat ein Ferienhaus an der Gödeke-Michel-Straße gemietet. Vor ungefähr einer halben Stunde ist er niedergeschlagen worden, seine Verlobte hat ihn gefunden. - Hinderk und ich sind schon vor Ort, die Fahndung nach dem Täter läuft. Der Notarzt ist bereits unterwegs.«

»Danke, Grietje. Enno und ich stoßen gleich zu euch.«

Mit diesen Worten beendete die Kommissarin das Telefonat.

»Wir unterhalten uns später weiter, Frau Grimm. - Es gibt einen Einsatz für uns!«

Der zweite Satz galt natürlich dem Oberkommissar, der sich ebenso wie seine Kollegin von dem Gartensessel erhoben hatte.

»Sie sind mir jederzeit willkommen«, erwiderte die Verdächtige. War da ein hämischer Unterton in ihrer Stimme? Wusste oder ahnte sie etwas von der neuerlichen Straftat? Mona führte sich vor Augen, dass es noch andere Kriminelle gab. Und obwohl Borkum kein »heißes Pflaster« war, konnten sich auch auf der idyllischen Nordseeinsel mehrere schwere Delikte innerhalb kurzer Zeit unabhängig voneinander ereignen.

Die Kriminalisten eilten zu ihrem Auto. Mona teilte Enno die wenigen Informationen mit, die sie von der uniformierten Polizistin erhalten hatte. Er startete den Motor. Vom Störtebekerweg bis zur Gödeke-Michel-Straße benötigte man mit dem Wagen knapp zehn Minuten.

»Viele Ferienhäuser gibt es dort nicht«, meinte der Ostfriese. »Wenn sich die Tat vor dreißig Minuten ereignet hat, kann der Räuber schon einen großen Vorsprung haben. Auf allzu viele Zeugen sollten wir nicht hoffen, das ist eine Gegend ohne Durchgangsverkehr. Allenfalls beim benachbarten *Insel Camping* herrscht ein ständiges Kommen und Gehen. Aber wenn der Täter stattdessen in Richtung *Dodemanns Delle* geflüchtet ist, wird ihn niemand bemerkt haben.«

»Du sprichst von diesem alten Friedhofsgelände, oder?«

»Genau, Mona. Wenn man sich von dort aus in die Dünen schlägt, kommt man nach einer Weile zum Strandabschnitt Jugendbad. Da könnte sich der Verbrecher unter die Urlauber mischen. Hoffentlich bekommen wir von dem Opfer eine brauchbare Personenbeschreibung.«

Die Kommissarin nickte. Es dauerte nicht lang, bis der Oberkommissar von der Hindenburgstraße abbog. Vor dem Gebäude, in dem der Raub vermutlich stattgefunden hatte, parkten ein Streifenwagen und das Auto des Notarztes. Das Rotziegel-Friesenhaus stand ein wenig abseits der Fahrbahn, die Rückfront reichte fast bis zu einer Düne. Es handelte sich um eine Immobilie der gehobenen Preiskategorie, dafür hatte Mona einen Blick. Zu diesem Eindruck passte auch der stahlblaue Porsche Cayenne, der im Carport stand. Grietje wartete an der offen stehenden Eingangstür.

»Da seid ihr ja!«, begrüßte sie die Kommissare. »Der Geschädigte hätte beinahe einen Herzkasper bekommen, als er mich erblickte.«

»Warum das denn?«, fragte die Ermittlerin – und verkniff sich die Bemerkung, dass Grietje normalerweise erst dann Aufregung verursachte, wenn sie den Mund öffnete.

»Das fragt ihr Herrn Burkhardt am besten selbst«, lautete die Antwort. Mona und Enno gingen an der Polizeimeisterin vorbei. Das Ferienhaus war peinlich sauber und modern eingerichtet. Die beiden gingen in die chromblitzende Wohnküche. Dort saß ein blasser Mann um die fünfzig auf einem Stuhl, während Dr. Siemers ihm soeben einen Kopfverband anlegte. Polizeimeister Hinderk Ekhoff hielt sich im Hintergrund, er nickte seinen Kollegen in Zivil lediglich zu. Außerdem war eine ungefähr dreißigjährige Frau anwesend, die aufgeregt die Hände rang. Sie trug ein knielanges gestreiftes Strandkleid, das ihre schlanke Figur betonte. Die Ermittler zeigten ihre Dienstausweise.

»Moin, ich bin Oberkommissar Moll. Das ist Kommissarin Sander. - Fühlen Sie sich in der Lage, einige Fragen zu beantworten?«

Enno hatte seine Worte an Burkhardt gerichtet. Doch bevor er etwas sagen konnte, schaltete sich der Mediziner ein: »Der Patient hat eine Platzwunde erlitten, ich habe sie mit Gewebekleber verschlossen. Hinweise auf eine Gehirnerschütterung gibt es nicht. Er gibt an, nur wenige Minuten lang bewusstlos gewesen zu sein.«

»Ja, mir brummt nur ein wenig der Schädel«, bestätigte Burkhardt. »Sie fragten mich ja nach Übelkeit oder Schwindelgefühl, das habe ich beides nicht. - Bitte beschaffen Sie mir das Lotos-Diadem wieder!«

Den letzten Satz richtete er an die Kommissare. Mona hakte nach: »Ist das der Gegenstand, der Ihnen geraubt wurde?«

»Ja, es handelt sich um ein unersetzliches Einzelstück, eine Tiara von immensem historischen Wert. Ich kann Ihnen Fotos zeigen ...«

Burkhardt wollte aufstehen, aber Dr. Siemers drückte ihn zurück auf den Stuhl: »Haben Sie noch einen Moment Geduld, ich bin gleich fertig mit dem Verbinden.«

»Erzählen Sie uns bitte zunächst, was sich ereignet hat«, bat Mona. Burkhardt atmete tief durch und begann: »Gegen halb elf klingelte es an der Tür. Ich dachte, dass Tabea – so heißt meine Verlobte – ihren Schlüssel vergessen hätte. Sie war am Strand, um ihre Yogaübungen zu machen.«

Die Frau in dem gestreiften Kleid hob den Zeigefinger, als ob sie in der Schule wäre: »Tabea Riebe, das bin ich.«

»Mit Ihnen sprechen wir später«, erwiderte die Kriminalistin. Burkhardt fuhr fort: »Ich öffnete die Tür, und eine Polizistin stand vor mir.«

Mona und Enno schauten einander an. Die Kommissarin glaubte im ersten Moment, sich verhört zu haben. Aber der Oberkommissar musste dieselben Worte vernommen haben. Er fragte nach: »Hatte die Frau einen Dienstausweis?«

Burkhardt antwortete: »Danach habe ich mich nicht erkundigt, ehrlich gesagt. Sie trug ja eine Uniform, so wie Ihre beiden jungen Kollegen. Außerdem war ich viel zu beunruhigt von dem, was sie zu mir sagte. Diese angebliche Polizistin berichtete von einer Bande, die einsam gelegene Ferienhäuser ausrauben würde und es auf Bargeld sowie Schmuck abgesehen hätte. Ich war geschockt, wie Sie sich denken können. Schließlich hatte ich das Lotos-Diadem bei mir.«

»Es ist ungewöhnlich, dass man so wertvollen Schmuck mit in den Urlaub nimmt«, gab Enno zu bedenken.

»Ich wollte Tabea damit überraschen, ich wollte ihr die Tiara am letzten Ferientag schenken«, erwiderte Burkhardt. Die Augen seiner Verlobten füllten sich mit Tränen: »Du bist so romantisch, Andreas – aber für mich zählt nur, dass du nicht schwerer verletzt wurdest. Nicht auszudenken, was dir hätte geschehen können.«

Dann wandte sie sich an die Ermittler: »Sie müssen diese Furie unbedingt festnehmen!«

Nichts lieber als das, dachte Mona. Sie ging jetzt nicht näher auf Tabea Riebe ein, sondern fragte Burkhardt: »Sie hatten das Schmuckstück bei sich – was genau meinen Sie damit? Modern eingerichtete Ferienhäuser wie dieses verfügen über einen Safe. Haben Sie das Diadem darin aufbewahrt?«

»Ja, richtig, Frau Sander. Die Polizistin schlug mir vor, meine Wertsachen auf die Wache zu bringen. Dort wären sie sicher, bis die Bande dingfest gemacht wäre. Ich war im ersten Moment so durcheinander, dass ich mich einverstanden erklärte und das Lotos-Diadem aus dem Tresor holte. Erst dann kamen mir Zweifel.«

»Aus welchem Grund?«, hakte die Kommissarin nach. Burkhardt erklärte: »Ich bin Antiquitätenhändler in Bonn. In der Vergangenheit hatte ich schon öfter mit zwielichtigen Gestalten zu tun, die mir Diebesgut andrehen wollten. Ich bin dann aber immer misstrauisch geworden und habe die Polizei gerufen, woraufhin die Gegenstände beschlagnahmt wurden.«

»Und Sie haben von den Kollegen jeweils ein Sicherstellungsprotokoll erhalten«, vermutete der Ostfriese.

»So ist es, Herr Moll. Doch diese Dame in Polizeiuniform schien gar nicht zu wissen, was man darunter versteht. Ich war drauf und dran, bei der Borkumer Wache anzurufen. Doch bevor ich das tun konnte, schlug sie mich nieder. Als ich wieder zu mir kam, war Tabea bei mir. Und das Lotos-Diadem ist fort.«

Die Verlobte ergänzte: »Als ich vom Strand kam, hörte ich ein leises Stöhnen, das aus dem Wohnzimmer kam. Ich lief dorthin und sah Andreas auf dem Boden liegen. Ich alarmierte natürlich sofort die Polizei und einen Notarzt.«

Dr. Siemers hatte die Kopfwunde jetzt versorgt.

»Falls Sie Schwindelgefühle oder Übelkeit verspüren, melden Sie sich bitte. Ansonsten brauchen Sie einfach nur Ruhe. Morgen schaue ich mir die Wunde wieder an.«

Mit diesen Worten verabschiedete der Mediziner sich aus dem Ferienhaus. Während Enno sich in den anderen Räumen umschaute, machte Mona sich Notizen.

»Können Sie die angebliche Polizistin beschreiben?«, fragte sie den Geschädigten.

»Sie ist jung, mittelgroß, hat dunkelblondes Haar ... auf Details habe ich nicht geachtet, ich hatte höchstens ein paar Minuten lang mit ihr zu tun ... es ging alles so schnell ...«

»Das verstehe ich«, versicherte die Ermittlerin. »Und womit wurden Sie angegriffen? Was für eine Waffe benutzte sie?«

»Ihren Schlagstock. Sie zog ihn aus dem Koppel und verpasste mir damit eine gewaltige Kopfnuss«, sagte Burkhardt.

»Mein armer Schatz!«, rief Tabea Riebe theatralisch. Mona kam zu ihr herüber: »Zeigen Sie mir bitte, wo Sie Ihren Verlobten gefunden haben.«

Tabea Riebe nickte eifrig und ging ins Wohnzimmer voraus. Auf den hellen Holzdielen erblickte die Kommissarin ein Spritzmuster von feinen Blutstropfen, das allerdings an zwei Stellen unterbrochen war. Dort hatten Opfer und Täterin wahrscheinlich gestanden, bevor Burkhardt umgekippt war. Mona machte ein paar Fotos mit ihrer Smartphone-Kamera. Später würde die Spurensicherung sich den Raum noch genauer vornehmen. Viel Blut konnte Burkhardt nicht verloren haben. Neben einem Sessel lag ein weißes Frotteetuch, das offenbar der Erstversorgung gedient hatte. Wenn die Verletzung schlimmer gewesen wäre, hätte Dr. Siemers Burkhardt gewiss mit ins Krankenhaus genommen. Die Kommissarin kehrte zusammen mit Tabea Riebe in die Küche zurück, wo sich Burkhardt inzwischen von seinem Stuhl erhoben hatte.

»Du sollst dich doch schonen«, tadelte seine Verlobte. Sie brachte ihn dazu, wieder Platz zu nehmen. Außerdem goss sie ihm ein Glas Mineralwasser ein. Er trank gierig und warf ihr einen dankbaren Blick zu.

»Vermissen Sie weitere Wertgegenstände oder Bargeld?«, fragte Mona.

»Nein, Frau Sander. - Bitte, Sie müssen das Lotos-Diadem finden. Es handelt sich um ein unersetzliches Unikat.«

Mit diesen Worten zog Burkhardt sein Smartphone aus der Tasche und zeigte der Kommissarin einige Fotos. Darauf war eine mit Edelsteinen besetzte Tiara zu sehen, die auf einem Tuch aus Samt lag. Das Objekt machte zweifellos einen wertvollen Eindruck, obwohl Mona gelernt hatte, nicht auf den ersten Eindruck zu vertrauen. Im Zweifelsfall würde ein Gutachter den exakten Wert dieses Stücks bestimmen können. Sie kam noch einmal auf die falsche Polizistin zurück: »Haben Sie an der Uniform der Täterin ein Namensschild bemerkt?«

»Ehrlich gesagt habe ich nicht darauf geachtet«, erwiderte Burkhardt. »Ich war viel zu verängstigt durch die Gefahr, von einer Bande überfallen werden zu können. Da konnte ich keinen klaren Gedanken fassen. - Wie groß ist denn die Wahrscheinlichkeit, dass Sie diese Frau verhaften und mir mein Eigentum zurückgeben können?«

»Wir beginnen jetzt sofort mit einer Fahndung«, versicherte Enno, der sich inzwischen wieder zu seiner Kollegin und dem Geschädigten gesellt hatte. Mona fügte hinzu: »Sie haben ja sehr gute Aufnahmen von dem Diebesgut, es dürfte also schwierig werden, dafür einen Käufer zu finden.«

»Meine größte Sorge ist, dass die Juwelen aus dem Diadem herausgebrochen und einzeln verkauft werden«, stieß Burkhardt hervor, »denn dadurch wäre dieses Kunstwerk endgültig zerstört.«

»So weit sind wir noch nicht«, erwiderte der Ostfriese beruhigend, »unsere uniformierten Kollegen bleiben hier, bis das Team von der Spurensicherung eintrifft. Bitte geben Sie uns Ihre Telefonnummer. Sie können uns auch jederzeit anrufen. Wir haben den Raub jetzt als Tatbestand aufgenommen, Sie bekommen eine Vorgangsnummer für Ihre Versicherung.«

Enno legte eine seiner dienstlichen Visitenkarten auf die Anrichte. Dann verließen die Kommissare das Haus. Grietje stand immer noch draußen und behielt die Umgebung im Auge. Mona wandte sich an die Polizeimeisterin: »Hast du die Wunde des Geschädigten gesehen, bevor Dr. Siemers erschienen ist?«

»Ja, hab ich. Warum flüsterst du denn so?«, gab Grietje zurück.

»Diskretion ist mein zweiter Vorname«, behauptete Mona. »Nein, ernsthaft: Wo genau wurde Burkhardt eigentlich getroffen?«

»Am Hinterkopf.«

»Danke, mehr wollte ich gar nicht wissen. - Wir sehen uns dann später.«

»Alles klar«, sagte die Polizistin mit den Wuschelhaaren.

Als die Kommissare auf die Gödeke-Michel-Straße hinaus traten, atmete Mona erst einmal tief durch.

»Was hältst du von diesem Fall?«, wollte Enno wissen.

»Ganz ehrlich? Ich sehe zwei Möglichkeiten. Entweder geistert noch eine zweite falsche Polizistin über unsere schöne Insel ...«

Der Oberkommissar beendete ihren Satz: »Oder dieses saubere Pärchen hat den Raub inszeniert, um die Versicherungssumme zu kassieren. Wobei sich bei dieser Variante sofort die Frage aufdrängt, warum eine verkleidete Verbrecherin die Täterin sein soll. Ein großer Unbekannter mit einer Sturmhaube wäre genauso glaubwürdig gewesen.«

Kapitel 13

Die Kommissare verließen die Fahrbahn und gingen zwischen den Häusern hindurch Richtung Dünen. Nun konnten sie den Tatort, an dem sich der Raub ereignet haben sollte, schräg von hinten betrachten.

»Wir sollten alle Möglichkeiten berücksichtigen«, mahnte Enno, »und deshalb ist es wichtig, über mögliche Fluchtwege für die falsche Polizistin nachzudenken. Es ist ja immerhin möglich, dass Burkhardt die Wahrheit sagt. Und Oltbeck macht uns einen Kopf kürzer, wenn wir schlampig ermitteln.«

Mona war bereits fest davon überzeugt, dass dieses Verbrechen nur vorgetäuscht war. Trotzdem wusste sie, dass der erfahrene Kriminalist recht hatte. Sie sagte: »Schön, ich will keine Spielverderberin sein. Schenken wir also für einen Moment dem ‚Geschädigten' Glauben und versetzen uns in die Täterin. Wenn ich an ihrer Stelle wäre, dann würde ich die Uniform so schnell wie möglich loswerden wollen.«

»Weil die Gefahr zu groß wäre, echten Polizisten über den Weg zu laufen?«

»Du sagst es, Enno! Die Räuberin konnte nicht wissen, wie lange Burkhardt nach ihrer Attacke bewusstlos bleiben würde. Sie musste also mit einem baldigen Auftauchen unserer Kollegen rechnen. Und dann wäre sie in echte Erklärungsnot geraten. All das wird sie vorher berücksichtigt haben. Also musste sie Zivilkleidung in der Nähe deponieren.«

»Von der Gödeke-Michel-Straße aus ist es nicht weit bis zu *Dodemanns Delle* und bis zu den Resten einer Geschützstellung«, stellte der Oberkommissar fest, »beides sind Plätze, die von abergläubischen Einheimischen eher gemieden werden. Und Urlauber wissen schlicht und einfach nicht, dass es diese Orte gibt. Was ich damit sagen will: Wenn eine Frau sich unter freiem Himmel umziehen will, ohne dabei Beobachter fürchten zu müssen, dann eignen sich dafür sowohl der alte Gottesacker als auch die Kanonenbasis.«

Während die Ermittler miteinander sprachen, stapften sie durch die von Dünen geprägte Landschaft, die sich bis zum Strand hinzog. Enno steuerte zunächst auf die Begräbnisstätte zu. Mona musste sich eingestehen, dass sie es hier unheimlich fand. Obwohl es Tag war und die Sonne hoch am Himmel stand, wirkte der Friedhof finster und bedrohlich. Vielleicht lag es daran, dass die Natur ihn größtenteils wieder zurückerobert hatte. Zwischen den zerborstenen Mauern wucherten üppig die Pflanzen, einer der für Borkum so typischen Krüppelwälder war entstanden. Wenn die Kommissarin nicht gewusst hätte, dass hier Menschen zur ewigen Ruhe lagen, wäre es ihr nicht aufgefallen. Sie glaubte eigentlich nicht an Geister oder Gespenster, allzu wohl fühlte sie sich trotzdem nicht in ihrer Haut. Vielleicht lag es daran, dass sie diesen Ort überhaupt aufsuchen musste, anstatt den hier Begrabenen ihren Frieden zu lassen. Die Kommissare achteten auf niedergetretenes Gras oder abgebrochene Zweige, doch diese Spuren konnten natürlich auch von anderen Personen hinterlassen worden sein. Allerdings deutete nichts darauf hin, dass jemand in den letzten Wochen hier gewesen war.

»Einen Versuch war es wert«, meinte der Ostfriese. Er ging voran, seine Kollegin folgte ihm. Sie hatte nur eine ungefähre Vorstellung, wo sich die ehemalige Geschützstellung befinden musste. Mona wusste, dass die Insel im Zweiten Weltkrieg zur »Festung Borkum« ausgebaut worden war. Von dieser finsteren Zeit zeugten nur noch wenige über das Eiland verteilte Ruinen von Verteidigungsanlagen. Die Kanonenbasis unweit des nordwestlichsten Punkts Deutschlands bildete da keine Ausnahme. Die Waffen waren schon seit Kriegsende fort – und man benötigte schon viel Fantasie, um sich zwischen dem zerborstenen Beton riesige bedrohliche Rohre vorzustellen, deren Mündungen auf die Außenems gerichtet waren. Monas Stimmung verschlechterte sich. Ihr war klar, dass Polizeiarbeit manchmal aus stunden- oder auch tagelangen sinnlosen Suchaktionen bestand. Dennoch hielt sie diesen Ausflug in die abgelegenen Teile der Borkumer Natur momentan für Zeitverschwendung. In ihren Augen hatte es keine zweite falsche Polizistin gegeben. Aber dann entdeckte sie etwas – eine Textilie, die in einen Spalt einer kaputten Betonwand gestopft worden war. Wenn man nicht genau hinschaute, hätte man das Kleidungsstück nicht entdeckt.

»Schau mal, Enno!«, rief sie aufgeregt, während sie Latexhandschuhe überzog. Die Kommissarin kniete sich hin und holte den Gegenstand hervor. Es handelte sich um einen hellblauen Kapuzenpullover mit dem Logo eines renommierten italienischen Modedesigners.

»So ein edles Teil, einfach in den Dreck gestopft!«, spottete sie. Der Kapuzenpullover war schmutzig, mit Steinstaub bedeckt. Mona fuhr fort: »Ich kenne Tabea Riebes Konfektionsgröße nicht – aber ich bin sicher, dass ihr dieses Kleidungsstück gehört. - Willst du wissen, was sich vermutlich ereignet hat?«

»Ich kann es kaum abwarten«, gab Enno lächelnd zurück. Auch er freute sich natürlich über ihren Fund. Sie sagte:»Meiner Meinung nach wurde der Raub inszeniert, um die Versicherung zu betrügen. Damit wir uns richtig verstehen: Tabea hat dieses Lotos-Diadem wirklich mitgehen lassen. Die Kostbarkeit wird sich an einem sicheren Ort befinden, aber dazu kommen wir später. Sie schlägt ihren Verlobten nieder, mit der geringstmöglichen Gewaltanwendung. Darum war seine Wunde auch nicht so tief. Ist er tatsächlich bewusstlos geworden? Darüber können wir nur spekulieren.«

»So weit kann ich dir folgen«, warf der Oberkommissar ein, »aber warum verbirgt sie ihren teuren Pullover hier?«

»Deshalb«, erwiderte die Ermittlerin und hielt ihm den rechten Ärmel des Kleidungsstücks unter die Nase. Darauf befanden sich einige kleine dunkle Punkte – vermutlich Blutspritzer. Mona fuhr fort: »Tabea merkte – zu ihrem Glück – noch rechtzeitig, dass Burkhardts Blut auf dem Pullover gelandet ist. Natürlich hätte sie die Textilie auch im Haus verstecken können, aber das erschien ihr zu riskant. Sie wollte auf Nummer sicher gehen. Außerdem gibt es ja noch den Teil ihrer Geschichte, dass sie angeblich Yoga am Strand gemacht haben will. Also haut sie ab, wobei sie bereits ihr Strandkleid trägt. Den Kapuzenpullover will sie entsorgen – am besten an einem Ort, wo ihn niemand findet. Die Geschützstellung gehört nicht gerade zu den Borkumer Sehenswürdigkeiten, hierher verirrt sich selten jemand. Und zu Fuß ist es von der Gödeke-Michel-Straße bis hierher nicht allzu weit. Also stopft sie den Kapuzenpullover in die Betonspalte und kehrt zum Ferienhaus zurück, um ihren Verlobten zu ‚finden‘ und Alarm zu schlagen.«

Der Oberkommissar nickte langsam und nachdenklich: »Ich bin mit deiner Geschichte einverstanden, bis auf ein Detail: Wo hat sie das Lotos-Diadem versteckt? Auch hier irgendwo in diesen Militärtrümmern?«

»Das war auch mein erster Einfall, aber es kommt mir nicht sehr wahrscheinlich vor«, erwiderte Mona. »Wenn die Tiara wirklich so wertvoll ist, wie es den Anschein hat, wird die Verlobte das Ding nicht einfach in dieser Ruine liegen lassen. Die Gefahr, dass es doch mal einen glücklichen Zufallsfinder gibt, ist zu groß. - Ich an ihrer Stelle hätte das Lotos-Diadem einfach in meiner Strandtasche gelassen. So muss sie den Schmuck zwar die ganze Zeit über mit sich herumtragen, aber so groß und schwer ist ja die Tiara nicht. Immerhin trägt man sie ja zu gegebenen Anlässen auf dem Kopf.«

»Dir würde das Lotos-Diadem bestimmt gut stehen«, meinte der Ostfriese augenzwinkernd. Seine Kollegin lachte und streckte ihm die Zunge heraus. Dann sagte sie: »Ich schlage vor, dass wir diesen Kapuzenpullover möglichst bald kriminaltechnisch untersuchen lassen. Wenn Tabea ihn getragen hat, dann wird sich ihre DNA daran nachweisen lassen. Und auch die Blutspuren dürften Burkhardt eindeutig zuzuordnen sein.«

»Das wird nicht reichen«, warnte Enno. Er hielt einen Beutel für Beweisstücke auf, während seine Kollegin den Pullover hineinsteckte. Er fuhr fort: »Ein cleverer Strafverteidiger könnte behaupten, dass die Blutstropfen durch Nasenbluten oder einen anderen Anlass auf den Stoff gekommen sind. Und das Verstecken des Oberteils in der Betonspalte? Auch dafür ließe sich wahrscheinlich eine haarsträubende, aber trotzdem theoretisch denkbare Antwort konstruieren, die mit dem Raub nichts zu tun hat.«

»Lass uns die Hintergründe dieses sauberen Pärchens durchleuchten«, schlug Mona vor. »Ein handfestes Motiv für den Versicherungsbetrug wäre schon mal die halbe Miete. Und dann steht natürlich immer noch die Frage im Raum, warum ausgerechnet eine Polizistin Burkhardt ausgeknockt haben soll.«

»Dafür gibt es meiner Ansicht nach nur eine schlüssige Erklärung«, gab der Ostfriese zurück. Er fuhr fort: »Burkhardt und Tabea Riebe wollten mit Traun und Anna Grimm gemeinsame Sache machen. Nicole Böttcher hätte eigentlich das Lotos-Diadem klauen sollen, aber sie ist tot. Wussten Burkhardt und seine Verlobte nicht, dass Nicole nicht mehr auftauchen würde? Ich habe keine Ahnung. Fest steht, dass sie bei der Geschichte geblieben sind – auch ohne eine Täterin in Polizeiuniform. Warum sie das getan haben, können wir herausfinden, nachdem wir die ganze Gesellschaft hinter Gitter gebracht haben. Und daran werden wir jetzt arbeiten.«

»Ich bin dabei«, versprach seine Kollegin. »Wir sollten auf dem Rückweg zur Wache noch im Krankenhaus vorbeischauen.«

»Fühlst du dich nicht wohl?«

»Keine Sorge, Enno – ich bin ein zähes Luder. Nee, ich will Dr. Siemers etwas fragen.«

Der Oberkommissar konnte sich gut vorstellen, worauf sie hinauswollte. Aber er ritt nicht weiter auf dem Thema herum. Die beiden traten zu Fuß den Rückweg zu ihrem Auto an. Als sie die Gödeke-Michel-Straße erreicht hatten, war dort inzwischen das Team der Kriminaltechnik eingetroffen. Die Kommissare stiegen in ihren Wagen und fuhren zum Borkumer Stadtkrankenhaus, das sich in der Gartenstraße befand. Mona nahm einen Schlagstock aus dem Auto mit. Die beiden betraten das Hospital und baten darum, mit dem jungen glatzköpfigen Arzt sprechen zu dürfen. Sie gingen in sein Behandlungszimmer. Dr. Siemers wurde etwas nervös, als er sah, was die Kommissarin in der rechten Hand hielt.

»Keine Sorge«, sagte sie beruhigend, »ich will Ihnen keine Abreibung verpassen. Vielmehr geht es mir um Ihr professionelles Urteil. - Das hier ist ein gängiger Schlagstock der niedersächsischen Polizei. Würde er zu der Kopfwunde passen, die dem Mann in der Gödeke-Michel-Straße zugefügt wurde?«

Sie gab dem Mediziner den Gegenstand. Er wog den Schlagstock mit beiden Händen und betrachtete dessen Beschaffenheit. Dann schüttelte er den Kopf: »Nein, das kommt mir unwahrscheinlich vor. Der Stock ist schmaler als die Wunde. Der Herr muss mit einer eher flachen und breiteren Waffe attackiert worden sein, vielleicht mit einem Stahllineal oder Ähnlichem. Darum hat es nämlich auch geblutet, verstehen Sie? Dieser Schlagstock hat keine Kanten oder scharfen Ränder. Selbst bei einem nicht stark ausgeführten Schlag hätte man mit einem Stahllineal die Kopfhaut verletzen können, was bei diesem Stock eher unwahrscheinlich ist.«

Mona bedankte sich für die Auskunft. Ein Stahllineal? Das hatten sie auch noch nicht gehabt. Die Kommissare fuhren nun zur Wache.

»Ich glaube nicht, dass man jemanden mit einem Stahllineal K. o. schlagen kann«, meinte Enno, »aber das war ja auch gar nicht notwendig. Burkhardt konnte einfach behaupten, bewusstlos gewesen zu sein.«

Mona schüttelte den Kopf: »So ein Gegenstand gehört nicht zur Standardausstattung eines Ferienhauses, oder? Aber die Bilder im Wohnzimmer haben alle einen Edelstahlrahmen. Eines davon hätte man durchaus als Waffe zweckentfremden können. Von der Beschaffenheit her würde es jedenfalls passen.«

Nachdem sie ihr Büro erreicht hatten, machte der Oberkommissar zunächst eine Halterabfrage zu dem Porsche Cayenne. Das Auto war auf Andreas Burkhardt zugelassen, der in Hannover wohnte. Daraufhin nahm Enno mit dem Polizeipräsidium der Landeshauptstadt Kontakt auf. Zuvor hatte er den Namen des Verdächtigen durch die Datenbanken laufen lassen. Burkhardt besaß eine weiße Weste; dies musste aber nicht bedeuten, dass bei ihm alles mit rechten Dingen zuging. Nach einer Weile wurde der Ostfriese mit einem Kollegen verbunden, dem der Name Andreas Burkhardt etwas sagte.

»So, jetzt befindet sich Burkhardt also auf Borkum«, sagte Hauptkommissar Stoll, nachdem Enno sich vorgestellt und die Sachlage geschildert hatte, »es wundert mich, dass er dafür noch Geld auftreiben konnte.«

»Also pfeift Burkhardt finanziell aus dem letzten Loch?«

»So könnte man es ausdrücken, Herr Moll. - Dieser Herr steht bei uns in Hannover schon länger unter Beobachtung. Er hat sich mit einigen Ganoven eingelassen, die sich als Kunstdiebe im Auftrag anonymer Sammler betätigen. Offiziell ist Burkhardt Antiquitätenhändler, aber sein Geschäft läuft nicht besonders gut. Er versucht sich mit Hehlerei, aber auch das klappt nicht richtig. Das Einzige, was bei ihm anwächst, sind die Schulden – und zwar bei Kredithaien.«

»Vermutlich haben Sie noch nicht genug Beweise, um ihn hochzunehmen?«, fragte der Ostfriese nach.

»Ja, das ist leider so«, gab Stoll zurück. Er fuhr fort: »Bisher hatte Burkhardt mehr Glück als Verstand. Es sind einige Geschäfte geplatzt, bei denen er seine Finger im Spiel hatte. Wenn wir bei diesen Transaktionen hätten zugreifen können, wäre auch Burkhardts Verhaftung nur eine reine Formsache gewesen. Aber die Diebstähle, bei denen er die Beute hätte verscherbeln sollen, konnten verhindert werden.«

»Sagt Ihnen der Begriff Lotos-Diadem etwas, Herr Stoll? Angeblich gehört diese Kostbarkeit Burkhardt. Und sie soll ihm entwendet worden sein.«

Der Hannoveraner erwiderte: »Es klingt seltsam, aber diese Tiara ist wirklich legal in seinen Besitz gelangt. Wir haben natürlich seine Ware immer wieder genau überprüft, um ihm eine Straftat nachweisen zu können. - Das Lotos-Diadem hat einer verarmten Adligen gehört, die einen Vorfahren im diplomatischen Dienst hatte. Dieser Großonkel von ihr hat das Lotos-Diadem vor mehr als hundert Jahren in Asien erworben, seitdem ist es in seiner Familie weitervererbt worden. Die Dame musste schließlich an Burkhardt verkaufen, und er hat dafür vermutlich nur einen Bruchteil des tatsächlichen Werts gezahlt. Ich erinnere mich, dass unsere Experten die Kostbarkeit mit 50.000 Euro veranschlagt haben. Ein Liebhaber asiatischen Kunsthandwerks, der über das nötige finanzielle Polster verfügt, würde vermutlich noch mehr Geld für die Tiara hinblättern.«

»Das ist interessant«, sagte Enno. »Ich habe noch eine weitere Frage: Sagt Ihnen der Name Tabea Riebe etwas? Die Dame ist angeblich mit Burkhardt verlobt, sie wohnt mit ihm zusammen in einem Ferienhaus hier auf der Insel.«

»Tabea Riebe? Ja, im Gegensatz zu Burkhardt ist sie bereits rechtskräftig verurteilt worden. Sie hatte sich eine Zeitlang auf Raubzüge spezialisiert, wobei sie allein reisende Herren in Hotels kennenlernte, ihre Opfer betrunken machte und dann zusammen mit einem Komplizen ausplünderte. Es gelang uns einmal, sie auf frischer Tat zu ertappen. Viele der Herren haben wahrscheinlich aus Scham auf eine Strafanzeige verzichtet. Aber immerhin konnten wir Tabea Riebe hinter Gitter bringen. Das liegt allerdings schon einige Jahre zurück.«

Mona lauschte dem Gespräch der beiden Kriminalisten, denn der Lautsprecher war eingeschaltet. Sie erinnerte sie, wie dramatisch sich Tabea Riebe beim Eintreffen der Kommissare aufgeführt hatte. Ein gewisses schauspielerisches Talent musste man ihr zubilligen.

»Wer war damals eigentlich der Helfer bei diesen Straftaten?«, wollte der Ostfriese wissen. Stoll antwortete: »Seine Identität konnten wir leider nicht ermitteln. Bei dem Zugriff ist er uns entkommen, und Tabea Riebe hat geschwiegen wie ein Grab. Laut dem Opfer, das ausgeraubt wurde, muss es sich um einen großen und muskulösen Mann gehandelt haben, der dunkel gekleidet war. Ich habe Tabea Riebe vergeblich davon zu überzeugen versucht, ihren Mittäter zu verraten.«

Die Kommissarin fand, dass die Beschreibung durchaus auf Olaf Kress zutreffen konnte. Natürlich gab es außer ihm noch etliche andere Gesetzesbrecher, die hochgewachsen und gut trainiert waren.

Enno bedankte sich bei Stoll für die Informationen und beendete das Telefonat.

»Denkst du, was ich denke?«, fragte die Ermittlerin.

»Normalerweise funktioniert die Telepathie zwischen uns ja sehr gut«, meinte der Ostfriese lächelnd, »wir können wohl davon ausgehen, dass Kress das Bindeglied zwischen den beiden Fällen ist. Er könnte damals gemeinsam mit Tabea die einsamen Männer ausgenommen haben – und er sorgte dafür, dass seine jetzige Freundin Nicole eine Polizeiuniform anzog, um den Versicherungsbetrug zu begehen, wozu es dann ja nicht mehr kam. Seine Aussage wäre enorm hilfreich, um Traun und Anna Grimm etwas nachweisen zu können.«

»Ich werde mit seinem Anwalt ein intensives Gespräch führen – und zwar unter vier Augen«, kündigte Mona an und griff sich ihr Smartphone.

»Muss ich mir Sorgen machen?«, wollte ihr Kollege wissen.

»Keine Angst, Enno – ich habe nicht vor, den Juristen zu verführen«, versicherte sie augenzwinkernd.

Kapitel 14

Dr. Fabian wirkte überrascht, als er die Stimme der Kommissarin erkannte: »Gibt es neue Entwicklungen, Frau Sander? Ich habe einen Eilantrag gestellt, damit mein Mandant auf freien Fuß gesetzt wird. Allerdings habe ich aus Emden noch kein grünes Licht erhalten.«

»Ich möchte gern einige Dinge mit Ihnen persönlich besprechen«, sagte Mona. »Wie wäre es in einer Stunde im *Columbus*? Das ist ein Café in der Bismarckstraße. Sie können es nicht verfehlen, wenn Sie vom Inselbahnhof aus in Richtung Strand gehen.«

Falls der Strafverteidiger überrascht war, dass die Kriminalistin sich außerhalb ihrer Dienststelle mit ihm treffen wollte, dann ließ er es sich nicht anmerken. Trotzdem hätte sie einiges darum gegeben, in diesem Moment sein Gesicht sehen zu können.

»Ja, das passt mir«, gab er leicht zögernd zurück. »Bis später, Frau Sander.«

»Ich freue mich«, behauptete sie und beendete das Telefonat. Dann reckte sie lächelnd den Daumen nach oben. Enno war anzumerken, dass ihr Vorhaben ihn nicht gerade begeisterte. Er kannte ihren Charakter und wusste, dass sie leicht die Beherrschung verlieren konnte. Gerade gegenüber einem Rechtsanwalt konnte ein solcher Ausraster üble Folgen für sie haben.

»Vertrau mir«, bat sie ihren Kollegen. »Ich werde keinen Unsinn verzapfen, das verspreche ich dir hoch und heilig. Der junge Jurist soll nur begreifen, dass sein Mandant von einem umfangreichen Geständnis den größten Vorteil hat. Und wir würden endlich einen Hebel bekommen, um etwas gegen Traun unternehmen zu können.«

»Das ist mir schon klar«, erwiderte der Ostfriese, »ich hatte nicht angenommen, dass du Jan mit diesem Kerl betrügen willst. - Aber sei bei deiner Wortwahl trotzdem vorsichtig.«

»Keine Sorge, *ich liebe dich* wird schon nicht über meine Lippen kommen«, meinte sie und fügte hinzu: »Du kannst dir inzwischen überlegen, wo du heute mittagessen möchtest. Allzu lange wird meine Verabredung mit Dr. Fabian gewiss nicht dauern.«

Die Aussicht auf eine warme Mahlzeit schien den Oberkommissar zu freuen. Mona widmete sich zunächst einigen Routinearbeiten, denn noch musste sie nicht aufbrechen. Zu Fuß waren es nur wenige Minuten von der Wache zum *Café & Bar Columbus*. Sie ließ sich die letzten Ereignisse noch einmal durch den Kopf gehen. Würde sich

Tabea Riebe zu einer freiwilligen DNA-Probe überreden lassen? Die Kommissarin hatte daran große Zweifel. Natürlich konnte man die Herausgabe durch einen Gerichtsbeschluss erzwingen. Ob die Ermittler einen solchen angesichts der dürftigen Beweislage bekommen würden, stand allerdings auf einem anderen Blatt. Man konnte es drehen und wenden, wie man wollte: Kress musste auspacken, das war die beste Option. Enno schien zu spüren, was in ihr vorging: »Wenn wir erst einmal beweisen können, dass die Blutflecken auf dem Kapuzenshirt von Burkhardt stammen, haben wir bei diesem Pokerspiel die besseren Karten.«

»Ja, aber die Zeit arbeitet gegen uns«, erwiderte die Kommissarin. »Mich macht die Vorstellung ganz kirre, dass Traun in diesem Moment unbehelligt auf seiner Yacht hockt und sich in aller Ruhe die nächste Teufelei ausdenken kann. Natürlich möchte ich, dass er sich für den Bombenanschlag auf Anna Grimm und mich vor Gericht verantworten muss – wobei ich selbst ja nur wegen meiner Schusseligkeit zum Beinahe-Zufallsopfer geworden wäre.«

»Sei nicht zu hart zu dir selbst, Mona.«

»Du weißt, wie ich es meine. Traun hatte gar nicht vor, mich zu töten. Dafür ist er zu intelligent. Er weiß, dass Polizistenmord so ungefähr das Dümmste ist, was sich ein Berufsverbrecher einfallen lassen kann. Diese Idee ist ja auf Kress' Mist gewachsen, der nun wahrlich nicht die hellste Kerze auf der Torte ist. Ich befürchte, dass Traun nach dem gescheiterten Mord an seiner Ex-Frau nicht so einfach aufgeben wird. Meiner Meinung nach schwebt Anna Grimm die ganze Zeit über in Lebensgefahr. Wir müssten sie also eigentlich beschützen – unabhängig davon, dass ich sie für die Mörderin von Nicole Böttcher halte.«

»Ich teile deine Überlegung«, erklärte Enno, »aber für Oltbeck dürfte sie zu kompliziert sein. Denn aus Sicht des Chefs sitzt der einzige Täter – nämlich Kress – hinter Gittern, während Traun nichts nachzuweisen ist. Je länger ich darüber nachdenke, desto sinnvoller erscheint mir dein Treffen mit dem Anwalt.«

»Ja, ich darf es bloß nicht vermasseln. - Allmählich muss ich mal losgehen. Ich berichte dir später ausführlich, einverstanden?«

»Ich drücke dir die Daumen«, versicherte Enno. Mona verließ das Dienstzimmer und gleich darauf die Wache. Sie schlenderte zum Inselbahnhof hinüber und bahnte sich einen Weg zwischen den zahlreichen Urlaubern und Kurgästen, die soeben mit der Kleinbahn angekommen waren. Es herrschte eine frische Brise, aber die Kommissarin fand es nicht zu kalt, um im Außenbereich vom *Columbus* zu sitzen. Sie hatte sich eine ruhige Ecke ausgesucht, in der sie ohne lästige Lauscher in der Nähe mit dem Strafverteidiger sprechen konnte. Die Ermittlerin bestellte bei der Bedienung einen Cappuccino. Als die Tasse vor ihr stand, schaute sie auf die Uhr. Es waren noch fünf Minuten bis zur verabredeten Zeit. Ob Dr. Fabian erscheinen würde? Mona hatte sich für die Verabredung nicht besonders aufgebrezelt. Lediglich ihr Dutt war von ihr gelöst worden, so dass ihre widerspenstigen rotblonden Haare nun auf ihre Schultern wallten. Übertrieben fand sie diese Veränderung ihres Aussehens allerdings nicht. *Es ist ja nicht so, als ob ich hier in Netzstrümpfen sitzen würde!*, dachte sie. Als sie schon an dem Treffen zu zweifeln begann, erblickte sie die schlaksige Gestalt des jungen Juristen. Er kam näher, wobei er mit seiner Aktentasche schlenkerte. Offenbar hatte er die Kommissarin noch nicht bemerkt. Das Columbus befand sich in einer Reihe mit anderen beliebten Lokalen, wie beispielsweise der *Black Pearl*, dem *Pferdestall* und dem *Lord Nelson*. Sie wollte schon winken, als Dr. Fabian sie erblickte und lächelnd auf sie zu kam. Sie stand auf und gab ihm die Hand. Dabei stellte sie fest, dass auch er sich auf die Unterredung vorbereitet hatte. Er schien in Rasierwasser gebadet zu haben, zumindest war der Duft äußerst intensiv. Dr. Fabian setzte sich zu Mona an den Tisch und schob seine Aktentasche unter seinen Stuhl, als ob sie ein schmutziges Geheimnis verbergen würde. Die Kommissarin führte sich vor Augen, dass sie es mit einem Pflichtverteidiger zu tun hatte. Traun würde also auf die Auswahl dieses Juristen nicht den geringsten Einfluss gehabt haben. Dr. Fabian lächelte schüchtern und sagte: »Ich muss gestehen, dass Ihr Anruf mich verblüfft hat … und warum ist Herr Moll nicht anwesend?«

Er schaute die Ermittlerin forschend an – als ob er sie plötzlich mit ganz anderen Augen sehen würde.

Es hört sich aber nicht gerade an, als ob du Enno vermissen würdest, dachte Mona. Sie erwiderte: »Mein Kollege ist mit anderen Aufgaben beschäftigt. Ich wollte Sie aber unbedingt treffen, weil sich die Lage inzwischen geändert hat. - Scheinbar gab es gestern eine weitere Straftat hier auf der Insel.«

»Nun, dafür können Sie meinen Mandanten aber nicht verantwortlich machen«, begann der Rechtsanwalt, »es sei denn, er wäre aus Ihrer Arrestzelle entwichen.«

Mona lachte, als ob Dr. Fabian einen besonders geistreichen Scherz gemacht hätte. Sie kam sich dabei etwas albern vor; aber wenn sie den Strafverteidiger überzeugen wollte, konnte es nichts schaden, wenn er sie sympathisch fand. Und welcher Mann mochte es nicht, wenn eine Frau sich über seine Witze amüsierte?

»Nein, Herr Kress sitzt nach wie vor hinter Gittern«, versicherte sie, »und trotzdem hat er indirekt etwas mit diesem angeblichen Verbrechen zu tun.«

»Sie sprechen in Rätseln, Frau Sander. Das macht aber nichts, denn ich fand geheimnisvolle Frauen immer schon faszinierend.«

Der geht aber ran, schoss es der Ermittlerin durch den Kopf. Und sie fragte sich, ob die Bedenken des Oberkommissars gegen diese Verabredung nicht doch berechtigt gewesen waren. Andererseits machte sie Dr. Fabian keine falschen Hoffnungen. Sie sagte: »Ich kann gern konkreter werden: Wir glauben, dass der Raub, von dem ich spreche, nur vorgetäuscht war – um eine Versicherung zu betrügen.«

»Das mag ja sein, aber ich sehe immer noch nicht den Zusammenhang mit meinem Mandanten.«

»Fragen Sie Herrn Kress einfach, ob er eine Frau namens Tabea Riebe kennt.«

Nun hatte Mona die Katze aus dem Sack gelassen. Dr. Fabian machte einen verwirrten Eindruck, worüber sie sich nicht wunderte. Ihm sagte der Name nichts. Warum hätte Kress seinem Verteidiger von seinen früheren Straftaten erzählen sollen? Immer vorausgesetzt, dass der Muskelmann wirklich seinerzeit Tabea Riebes Komplize gewesen war. Die Kellnerin erschien, wodurch der Jurist einen Moment zum Nachdenken bekam. Er bestellte ebenfalls einen Cappuccino. Nachdem die Serviererin wieder verschwunden war, fragte er: »Angenommen, mein Mandant würde diese Dame wirklich kennen. Warum sollte dies für seine Verteidigung von Vorteil sein?«

»Das kann ich Ihnen verraten«, erklärte die Kommissarin. »Sie haben ja selbst erlebt, wie emotional Herr Kress auf den Tod von Nicole Böttcher reagiert hat. Sie war seine Freundin, und die eben erwähnte Tabea Riebe ist zu einem früheren Zeitpunkt zumindest seine Partnerin bei einigen Raubdelikten gewesen. Entscheidend ist aber, dass Ihr Mandant angestiftet wurde – und zwar von seinem Arbeitgeber. Mein Kollege und ich gehen davon aus, dass Traun hinter dem Bombenanschlag und auch dem versuchten Versicherungsbetrug steckt. Sie müssen Herrn Kress davon abbringen, für einen anderen

Straftäter den Kopf hinzuhalten. Ich weiß, dass Sie das schaffen können.«

Während die Kommissarin den letzten Satz von sich gab, schaute sie dem Juristen tief in die Augen. Er wirkte geschmeichelt, was ihre Absicht gewesen war. Er löste für einen Moment den Blick von Mona und betrachtete gedankenverloren die Menschen, die Richtung Strand schlenderten. Auch an vielen anderen Tischen im *Columbus* saßen jeweils eine Frau und ein Mann. Es gab gewiss Leute, die Mona und Dr. Fabian für ein Liebespaar hielten. Der Strafverteidiger sagte: »Ich kann Ihnen natürlich nichts versprechen, Frau Sander. Steht denn fest, dass Herr Kress mit dieser Tabea Riebe zusammengearbeitet hat?«

»Ich hoffe, dass er es Ihnen verrät«, gab die Ermittlerin unumwunden zu. Ihre Offenheit schien seine Flirtlaune zu trüben.

»Also soll ich meinen Mandanten für Sie aushorchen?«, fragte er entgeistert.

»Davon kann keine Rede sein«, stellte sie klar, »ich bitte Sie lediglich darum, Herrn Kress die Vorteile eines umfangreichen Geständnisses zu verdeutlichen. Sie als Strafverteidiger werden wissen, wie positiv sich tätige Reue auf das Strafmaß auswirkt. Natürlich habe ich Sie nicht ganz uneigennützig informiert. Wenn Herr Kress gestehen würde, im Auftrag seines Chefs den Versicherungsbetrug eingefädelt zu haben, könnten wir Traun umgehend verhaften. Es kann nicht in Ihrem Sinn sein, wenn Ihr Mandant den Kopf für einen viel gefährlicheren Verbrecher hinhält.«

»Und Sie meinen es ehrlich, das spüre ich«, erwiderte Dr. Fabian mit einem warmen Unterton in der Stimme. Seine Augen glänzten, als er fortfuhr: »Sie wollen für meinen Mandanten das Beste, obwohl Sie durch seine Hand beinahe gestorben wären. Sie sind eine ganz besondere Frau, das habe ich schon bei unserer ersten Begegnung erkannt.«

Mona fühlte sich plötzlich hundsmiserabel. Offenbar war das eingetreten, was sie eigentlich hatte vermeiden wollen: Der Rechtsanwalt entwickelte Gefühle für sie. Die Kommissarin musste ihn stoppen, bevor die Situation vollends unerträglich wurde. Sie atmete tief durch und sagte: »Alles, was ich Ihnen mitgeteilt hatte, entspricht der Wahrheit. Nur eines stimmt nicht: das positive Bild, das Sie offenbar von mir haben. Ich bin ein Biest, ich raste leicht aus, es ist nicht leicht, mit mir auszukommen – mein Freund würde Ihnen das bestätigen.«

Dr. Fabians Gesicht drückte grenzenlose Enttäuschung aus. Mona hätte ihn am liebsten in den Arm genommen, aber das wäre wirklich keine gute Idee gewesen. Sie fuhr fort: »Rein beruflich gesehen wollen wir das Gleiche – Gerechtigkeit. Ich bin sicher, dass Ihr Mandant die Bombe nicht gebaut hat. Aber solange er seinen Anstifter schützt, könnte er für Straftaten verurteilt werden, bei denen er nur die ausführende Hand war.«

Inzwischen hatte Dr. Fabian seinen Cappuccino bekommen. Er nahm einen Schluck davon, obwohl er nach Monas Meinung gewiss besser einen Schnaps hätte gebrauchen können.

»Ich bedaure, falls ich Ihnen zu nahe getreten bin«, brachte er mit rauer Stimme hervor, »es ist nur so, dass ich in meinem Beruf meist mit Frauen zu tun bekomme, die entweder auf der falschen Seite des Gesetzes stehen oder als langjährige Richterinnen oder Staatsanwältinnen kein Interesse an einem jungen Juristen mit wenig Berufserfahrung haben.«

»Das verstehe ich«, gab Mona zurück, »was glauben Sie, welche Männer ich normalerweise kennenlerne?«

»Solche Kerle wie meinen Mandanten?«, vergewisserte der Anwalt sich. Die Kommissarin nickte. Und im nächsten Moment brachen beide in ein befreiendes Lachen aus.

»Ich werde mit Herrn Kress über Tabea Riebe sprechen«, kündigte Dr. Fabian zum Abschied an, »und danach melde ich mich wieder bei Ihnen – oder vielleicht besser bei Herrn Moll.«

»Diese Bemerkung habe ich wohl verdient«, erwiderte die Kommissarin mit einem süßsauren Lächeln. Sie gab dem Strafverteidiger die Hand. Er schien inzwischen den ersten Schock seiner eindeutigen Abfuhr verdaut zu haben. Vielleicht hatte der Jurist auch nicht ernsthaft damit gerechnet, dass Mona sich für ihn erwärmen könnte. Sie wusste es nicht. Als sie gezahlt hatte und aufstand, waren ihre Knie weich wie Butter. Sie wurde von einer seltsamen Mischung aus Schuldbewusstsein und Erleichterung durchströmt, so etwas kam bei ihr extrem selten vor. So richtig gut fühlte sie sich erst wieder, als sie in ihr Büro zurückkehrte und Enno erblickte.

»Wie ist es gelaufen?«, wollte er wissen.

»Könntest du mir bitte in den Hintern treten?«, lautete ihre Erwiderung.

»Das würde ich mir nie erlauben«, versicherte der Ostfriese und erhob sich von seinem Arbeitsplatz. Er fuhr fort: »Ich finde, dass du erst einmal deinen geliebten Neptunsalat brauchst. Und darum gehen wir jetzt in den *Knurrhahn*. Dort kannst du mir in aller Ruhe berichten, was zwischen dir und Dr. Fabian geschehen ist.«

Während der Oberkommissar den letzten Halbsatz aussprach, betrat Grietje den Raum. Normalerweise pfefferte die Polizistin mehr oder weniger kommentarlos die Dienstpostmappe auf einen der Schreibtische. Aber jetzt hatte sie Ennos Worte aufgeschnappt: »Du lässt dich mit einem Rechtsanwalt ein, Mona? Ernsthaft? Und was sagt Jan dazu? Oder seid ihr gar nicht mehr zusammen?«

»Setze hier bitte keine Gerüchte in die Welt!«, forderte der Ostfriese mit für ihn ungewöhnlicher Strenge. Grietje schien zu kapieren, dass sie den Bogen überspannt hatte.

»Schon gut, ich hab doch überhaupt nichts gesagt«, behauptete sie und verließ fluchtartig das Büro. Die Kommissarin bemerkte trocken: »So schnell bin ich noch nie zu einem Liebhaber gekommen – und das, ohne auch nur mein Oberteil ausziehen zu müssen.«

»Wenn Grietje ihre Klappe nicht hält, dann wird sie ihr blaues Wunder erleben!«, drohte Enno. Mona erwiderte: »Du hast recht, ich könnte jetzt wirklich etwas Essbares vertragen!«

Die beiden verließen die Polizeiwache und gingen in die nahegelegene Franz-Habich-Straße, wo sich der beliebte Fischimbiss *Knurrhahn* befand. Dort verbrachten sie meist ihre Mittagspause. Die Ermittlerin bestellte wieder ihren gewohnten Neptunsalat, ihr Kollege entschied sich für Seelachsfilet mit Kartoffelsalat. Während sie auf ihr Essen warteten, zogen sie sich an einen Stehtisch ganz hinten in der Ecke zurück und tranken alkoholfreies Bier. Mona fasste das Gespräch mit dem Rechtsanwalt zusammen, wobei sie gar nicht erst versuchte, ihre eigene Rolle zu beschönigen. Als sie alles berichtet hatte, schaute sie den Oberkommissar an und versuchte, seinen Gesichtsausdruck zu entschlüsseln.

»Das klingt doch gar nicht mal so schlecht«, meinte er und nahm einen Schluck von dem Gerstensaft.

»Ich warte auf das große Aber«, murmelte sie. Der Ostfriese erwiderte: »Das Aber besteht darin, dass Dr. Fabian leider nicht sehr durchsetzungsstark ist. Er hat wahrscheinlich kaum Berufserfahrung, vielleicht ist Kress sein erster Mandant, der richtig krass ist.«

»Das hast du schön gesagt«, gab Mona zurück.

»Ich habe es ernst gemeint«, stellte Enno klar. Er fuhr fort: »Kress braucht einen abgebrühten Verteidiger, der sozusagen mit ihm Schlitten fährt und ihm verklickert, dass er nur durch ein komplettes Geständnis halbwegs auf Milde hoffen darf. Hoffentlich ist dein Verehrer aus dem richtigen Holz geschnitzt, aber ich habe meine Zweifel.«

»Wenn du noch einmal Dr. Fabian als ‚meinen Verehrer‘ bezeichnest, kriege ich einen Schreikrampf«, behauptete die Kommissarin.

»Das ist mir so herausgerutscht, Mona. - Was ich eigentlich sagen will: Wir können uns nicht darauf verlassen, dass Kress wirklich auspackt. Ich fürchte, dass Traun seinen Helfer psychisch ziemlich fest im Griff hat. Deshalb sollten wir uns auf die andere Seite konzentrieren.«

»Auf Burkhardt?«

»Ich hatte eher an Tabea gedacht«, erwiderte der Ostfriese.»Es gibt keinen Beweis dafür, dass das Lotos-Diadem sich in ihrem Besitz befindet. Vielleicht hat Burkhardt die Kostbarkeit auch irgendwo in seinem Haus versteckt. Aber er muss damit rechnen, dass nach der Schadensmeldung bei ihm Versicherungsdetektive auftauchen.«

»Bei der Summe, um die es geht, würde mich das nicht wundern«, warf Mona ein. Nun waren ihre Gerichte fertig, und sie ließen es sich schmecken. Trotzdem führten sie ihre Unterhaltung weiter.

»Ja, bei solchen Geldbeträgen wächst das Misstrauen«, sagte Enno. »Darum werden Tabea und Burkhardt alles tun, um scheinbar mit uns zu kooperieren und die Polizeiarbeit zu unterstützen.«

Mona erwiderte: »Nur auf unseren vagen Verdacht hin wird die Staatsanwaltschaft uns niemals erlauben, Tabea zu durchsuchen oder auch nur einen Blick in ihre Handtasche zu werfen. - Wir müssen so tun, als ob wir die Raubgeschichte glauben – und dann darauf warten, dass sie einen Fehler machen. Vergiss nicht, dass der ursprüngliche Plan wegen der Toten gescheitert ist. Tabea musste improvisieren. Vermutlich sollte die Polizeiuniform eine Erklärung dafür darstellen, dass der Herr Antiquitätenhändler eine fremde Person völlig arglos ins Haus gelassen hat. Ihnen ist einfach nichts Besseres eingefallen.«

Der Ostfriese sagte: »Jedenfalls können sie Nicole Böttcher nicht zu Gesicht bekommen haben – denn in dem Fall wäre ihnen aufgefallen, dass sie überhaupt kein Koppel hatte, an dem sich ein Schlagstock befand.«

Mona schlug in dieselbe Kerbe: »So ist es. Das Duo wird erfahren haben – ob nun von Traun oder von Anna Grimm – dass die Komplizin in Uniform tot ist, aus was für Gründen auch immer. Das wird Burkhardt und Tabea egal gewesen sein, solange der Versicherungsbetrug begonnen werden konnte. Das haben wir ja schon besprochen.«

Enno hatte eine Idee: »Lass uns nach dem Essen die beiden getrennt befragen, damit werden sie wahrscheinlich sogar rechnen. Dabei konzentrieren wir uns auf Tabea. Und wir erwecken den Anschein, dass es andere Verdächtige gäbe.«

»Die Frau werde ich befragen, sonst breche ich bloß wieder ein Herz!«, forderte Mona.

»Das lässt sich einrichten«, gab Enno schmunzelnd zurück. Nachdem sie aufgegessen und gezahlt hatten, kehrten sie zur Wache zurück. Sie nahmen ihren Dienstwagen und fuhren erneut zur Gödeke-Michel-Straße. Dort hatte die Kriminaltechnik inzwischen ihre Arbeit beendet. Wie die Kommissare erfuhren, gab es keine Einbruchspuren – was sowohl zu der Polizistinnen-Geschichte als auch zu dem vermutlich realen Ablauf passte. Nachdem Enno geklingelt hatte, wurde ihm von Tabea Riebe geöffnet.

Kapitel 15

»Moin, wie geht es Ihrem Verlobten?«, fragte er.

»Vielen Dank für Ihre Besorgnis ... Andreas ist sehr tapfer, er lässt sich seine Schmerzen nicht anmerken«, erwiderte Tabea Riebe. Sie hatte sich umgezogen, trug nun Jeans und ein hellblaues Oberteil mit weitem Halsausschnitt. Die Kommissare folgten ihr ins Haus. Burkhardt hatte es sich auf dem Sofa bequem gemacht. Enno erklärte: »Wir müssen Sie leider noch einmal behelligen, um mehr Einzelheiten zu dem Raub herauszuarbeiten. Es ist ja ganz in Ihrem Interesse, dass wir die Täterin fassen und Ihnen Ihr Eigentum zurückgeben.«

»Ja, das ist selbstverständlich«, erwiderte Burkhardt. »Sie sollen von mir jede Unterstützung bekommen, die Sie benötigen.«

Mona wandte sich an Tabea Riebe und machte eine einladende Handbewegung: »Kommen Sie, lassen sie uns zum Strand hinunter gehen. Dort redet es sich viel besser.«

Die Verlobte wirkte leicht verwirrt.

»Wozu soll das gut sein? Ich habe doch von dem Raub überhaupt nichts mitbekommen«, wandte sie ein.

»Das ist mir schon klar«, erwiderte die Kommissarin, »ich möchte aber rekonstruieren, was vor Ihrer Rückkehr zum Ferienhaus geschehen ist. Vielleicht fiel Ihnen auf dem Weg jemand auf, eventuell ein Komplize der Täterin. Manchmal erinnert man sich an Details, wenn man nur wieder an den Ort des Geschehens zurückkehrt.«

Tabea Riebe wirkte nicht besonders überzeugt. Aber ihr fiel scheinbar kein stichhaltiges Gegenargument ein, daher fügte sie sich und verließ gemeinsam mit Mona das Ferienhaus. Die beiden Frauen hörten noch, wie Enno zu Burkhardt sagte: »Und ich koche Ihnen jetzt einen echten Friesentee. Dann machen wir es uns gemütlich und Sie erzählen mir alles, woran Sie sich inzwischen wieder erinnern können.«

Während die Kommissarin und die Verdächtige durch die Dünen stapften, begann Mona mit einer Erklärung für den Strandausflug: »Solche Delikte wie dieser Raub werden in der Regel sorgfältig vorbereitet. Daher müssen wir davon ausgehen, dass die Täterin und ihre Komplizen das Ferienhaus in den letzten Tagen intensiv beobachtet haben. Sind Ihnen vielleicht verdächtige Personen aufgefallen?«

Die Ermittlerin hoffte, dass sie überzeugend wirkte. Falls Tabea Riebe Lunte roch und erkannte, dass sie selbst unter Verdacht stand, war die ganze Aktion sinnlos. Tabea tat so, als ob sie angestrengt nachdenken müsste: »Ich weiß nicht … hier laufen ja gelegentlich einzelne Menschen zwischen den Dünen und am Strand entlang - aber woher sollen wir wissen, ob es sich dabei um zwielichtige Gestalten handelt? Es können ja auch ganz harmlose Touristen sein. Oder Einheimische … wie gesagt, wir kennen uns hier nicht aus.«

Mona hatte den Weg zwischen den Dünen so gewählt, dass sie und Tabea sich momentan auf die ehemalige Geschützstellung zubewegten. Die Ermittlerin stellte fest, dass ihre Begleiterin zusehends nervöser wurde. Dies war natürlich noch kein Beweis für ihre Schuld, bestärkte die Kommissarin aber in ihrer Überzeugung, auf der richtigen Spur zu sein. Sie wollte allerdings nicht den Fehler begehen, die Verdächtige mit ihrem Fund zwischen den Betonteilen zu konfrontieren. Noch reichen die Beweise nicht aus, um Tabea und die übrigen Verbrecher hochgehen zu lassen. Bevor die alte Verteidigungsanlage in Sicht kam, schwenkte die Kommissarin nach links ab und erklärte: »Wir nehmen jetzt einen anderen Weg zum Strand. Dort direkt vor uns sind nur ein paar alte Reste von Gemäuern, da gibt es nichts zu sehen. Diese Ruinen verschandeln meiner Ansicht nach sowieso nur die Landschaft, sind aber ein Teil von Borkums Vergangenheit. Dabei gab es andere Zeiten, die ich viel interessanter finde. - Wussten sie, dass die Insel ihren Wohlstand größtenteils dem Walfang verdankte?«

Mona begann, ein wenig über die Geschichte des Eilands zu plaudern, wobei sie auf die Geschützstellung gar nicht weiter einging. Dieses Manöver diente dazu, die Verdächtige in Sicherheit zu wiegen. Tabea sollte gar nicht erst auf die Idee kommen, dass die Ermittlerin sich für die Militärruine interessieren würde. Es schien zu funktionieren, denn schon nach wenigen Minuten machte Tabea einen deutlich weniger angespannten Eindruck. Nachdem die beiden Frauen die Dünen hinter sich gelassen hatten, breitete sich das breite helle Sandband des Strandes vor ihnen aus.

»Wo haben Sie Ihre Yogaübungen denn durchgeführt?«, fragte Mona möglichst beiläufig.

»Da vorn«, behauptete Tabea und deutete auf einem Strandabschnitt in der Nähe. Die Kommissarin hätte darauf wetten können, dass die Verbrecherin überhaupt keine Körperübungen beherrschte. Sie machte nämlich keinen besonders gelenkigen Eindruck. Nach Monas

Erfahrung achteten Kriminelle eher weniger auf ihre Gesundheit, als andere Menschen es taten. Aber es kam ihr in diesem Moment nicht darauf an, Tabea bloßzustellen, sondern sie daran zu bestärken, dass die Polizei auf dem Holzweg war. Die Ermittlerin breitete die Arme aus, als ob sie die ganze Welt umarmen wollte: »Versuchen Sie bitte, sich zu konzentrieren, Frau Wiebe. Gab es hier vielleicht jemanden, der Sie mehr oder weniger unauffällig beobachtet hat?«

Die Verdächtige legte den Zeigefinger an ihre Lippen, gab sich nachdenklich: »Jetzt, wo Sie es erwähnen ... ja, da war eine Person. Allerdings habe ich sie nicht weiter beachtet, weil ich so in meine Asanas vertieft war.«

Die kennt ja tatsächlich Yoga-Fachbegriffe, dachte Mona verblüfft. Dies war allerdings noch kein Beweis dafür, dass es sich bei Tabea wirklich um eine unschuldige Geschädigte handelte.

»Das ist nur allzu verständlich«, erwiderte die Kommissarin, »Sie konnten schließlich nicht ahnen, dass Sie ausgespäht werden sollten.«

Tabea stieg eifrig auf die Geschichte ein: »Ja – wenn ich genauer darüber nachdenke, wurde ich auch in den vergangenen Tagen immer wieder bei meinen *Asanas* beobachtet. Diese Leute müssen herausgefunden haben, wann ich zum Strand gehe und mein Verlobter alleine im Haus ist.«

Mona spielte nun ihre Trumpfkarte aus. Sie zog ein Foto einer Verbrecherin hervor, die sich momentan in der Justizvollzugsanstalt Vechta hinter Gittern befand. Es war eine Frau, die eine entfernte Ähnlichkeit mit Nicole Böttcher hatte. Die Kommissarin hielt der Verdächtigen die erkennungsdienstliche Aufnahme unter die Nase: »Schauen sich dieses Bild bitte genau an. Hierbei könnte sich um die Frau handeln, die Ihren Verlobten überfallen hat. Auf dem Foto trägt sie natürlich keine Polizeiuniform. Mir ist bewusst, dass Sie bei der eigentlichen Tat nicht anwesend waren. Trotzdem wäre es ja möglich, dass Sie diese Frau schon einmal gesehen haben.«

Tabea nickte eifrig: »Ja, das habe ich wirklich getan, Frau Sander! Sie ist mir vorgestern entgegengekommen, als ich vom Strand zurückkehrte. Da trug sie Shorts und ein rotes ärmelloses Oberteil. – mein Gott, wenn ich daran denke, dass diese Kriminelle sich mir bis auf Armeslänge genähert hat, und dann grüßte sie auch noch freundlich! Wie verkorkst ist das denn?!«

»Ja, Verbrecher arbeiten leider mit den übelsten Tricks«, bestätigte die Kommissarin, wobei sie versuchte, Tabea nicht allzu strafend anzuschauen. Sie freute sich schon auf den Moment, wenn sie dieser Frau ihre Taten nachweisen konnte. Aber jetzt musste sie sich zunächst darauf konzentrieren, ihre Rolle weiterzuspielen: »Ihre Aussage ist für uns äußerst hilfreich, behauptete sie und fuhr fort: »Dies hier ist ein erkennungsdienstliches Foto, wie Sie sich wahrscheinlich schon gedacht haben. Die Dame, von der wir hier sprechen, ist wegen verschiedener anderer Delikte bereits einschlägig polizeilich bekannt. Wir werden uns bei der Fahndung auf sie und ihre mutmaßlichen Komplizen konzentrieren. So viel kann ich Ihnen schon einmal verraten.«

Mona glaubte, in Tabeas Augen so etwas wie Triumph aufblitzen zu sehen. Der Vorteil des Dienstes auf einer kleinen Inselwache bestand darin, dass die Polizisten oft von den Straftätern unterschätzt wurden. Dabei hatten die Kommissarin und ihr Kollege schon etliche komplizierte Mordfälle gelöst, was aber den Verbrechern natürlich nicht bewusst war. Die beiden Frauen kehrten zum Ferienhaus zurück. Enno hatte neben Burkhardt in einem Sessel Platz genommen, der Tee stand griffbereit auf dem Couchtisch. Auch der Oberkommissar spielte seine Rolle perfekt; er hatte sein Notizbuch auf seinen Knien und schrieb fleißig mit, was der Verdächtige ihm auftischte.

»Eine akute Gefahr dürfte für Sie und Ihre Verlobte nicht bestehen«, meinte Enno, als er sich erhob und Burkhardt zum Abschied die Hand gab. Der Ostfriese ergänzte: »Wir müssen damit rechnen, dass die Täterin sich schon nicht mehr auf der Insel befindet. In jedem Fall waren Ihre zusätzlichen Angaben überaus hilfreich, wir lassen Ihnen umgehend eine Kopie der Strafanzeige für Ihre Schadensmeldung bei der Versicherung zukommen.«

Burkhardt wirkte erleichtert, und Tabea legte ihren Arm um die Schultern ihres Verlobten.

»Vielen Dank für Ihre Mühe«, flötete sie, »wir werden ab sofort den Aufenthalt auf Ihrer schönen Insel wieder so richtig genießen können.«

Darauf erwiderten die Kommissare nichts. Als sie das Haus verlassen hatten, sagte Mona zu ihrem Kollegen: »Solange ihr noch euch noch eurer Freiheit erfreut, solltet ihr das tun. Ihr werdet noch lange genug gesiebte Luft atmen!«

»Anderes Thema - Wann wirst du etwas von Dr. Fabian hören?«, wollte der Oberkommissar wissen. Seine Kollegin seufzte, bevor sie antwortete: »Frag mich nicht– wahrscheinlich hast du wirklich recht mit deiner Befürchtung, dass dieser Jungspund Kress nicht gewachsen ist.«

»Man soll die Hoffnung nie aufgeben«, erwiderte der Ostfriese mit seiner üblichen Zuversicht. Er fügte hinzu: »Jetzt müssen wir nur noch Oltbeck unseren aktuellen Ermittlungsansatz als erfolgversprechend verkaufen.«

»Das dürfte wohl eine unserer leichtesten Übungen sein«, witzelte Mona düster. Wie erwartet war der Dienststellenleiter gar nicht begeistert von der momentanen Entwicklung. Als die beiden ihm wenig später auf der Wache Bericht erstatteten, kam er aus dem Kopfschütteln gar nicht heraus: »Sie behaupten also, dass dieser Kress die Verbindung zwischen den beiden Fällen darstellt? Und Sie haben dafür keinen anderen Beweis als seine Statur und seinen Bodybuilder-Körperbau? Ist Ihnen überhaupt bewusst, wie absurd das klingt, Frau Sander?«

Mona bemühte sich, ruhig zu bleiben: »Ich habe dem Strafverteidiger noch einmal vor Augen geführt, dass nur ein umfangreiches Geständnis seines Mandanten diesem aus der Klemme helfen kann. Ich hoffe auf die Einsicht des Ganoven, aber falls dies nicht geschieht, wäre eine Observierung der angeblichen Raubopfer dringend angezeigt.«

Der Chef warf ihr einen empörten Blick zu: »Muss ich Sie wirklich daran erinnern, was bei Ihrer letzten Beschattung passiert ist? - Wir sind alle sehr erleichtert darüber, dass Sie mit dem Leben davongekommen sind, Frau Sander. Aber das hätte auch ganz anders ausgehen können.«

»Darüber bin ich mir im Klaren«, beteuerte die Kommissarin, »und deshalb würde ich diesmal auch nicht alleine eine solche Beschattung durchführen wollen, sondern nur gemeinsam mit einem Kollegen – am besten natürlich mit Herrn Moll.«

Oltbeck war entsetzt: »Ihr Ansinnen ist völlig illusorisch! Ihr Kollege hat bereits so viele Überstunden auf seinem Konto, dass ich eine weitere Nacht- und Nebelaktion von Herrn Moll nicht verantworten kann.«

»Wir *müssen* aber diese Verdächtigen im Auge behalten«, beharrte Mona. Sie fuhr fort: »Sobald wir eine Verbindung mit Traun nachweisen können, klicken die Handschellen. Und ich bin absolut sicher, dass der angeblich gestohlene Schmuck sich weiterhin im Besitz dieses sauberen Pärchens befindet. Um dies beweisen zu können, müssen wir sie auf frischer Tat ertappen. Ihnen wird auch bewusst sein, dass eine Durchsuchung des Ferienhauses angesichts der dürftigen Beweislage von der Staatsanwaltschaft niemals genehmigt würde.«

Dem Vorgesetzten war anzusehen, dass er mit sich selbst kämpfte. Oltbeck war nicht dumm, nur etwas fantasielos. Aber auch ihm war klar, dass das Auftauchen des Lotos-Diadems in den Händen der angeblich Bestohlenen der beste Beweis für deren Schuld wäre. Der Chef studierte die Diensteinteilung so intensiv, als ob er sie auswendig lernen wollte. Dann sagte er: »Also gut– ich könnte Ihnen Frau Smit zur Seite stellen, um eine neuerliche Observierung durchzuführen, Frau Sander. Sie hat mich neulich um zusätzliche Überstunden gebeten, weil sie nach ihren eigenen Worten *ein wenig knapp bei Kasse* ist.«

Darüber wunderte Mona sich nicht, denn ihre junge Kollegin legte ein äußerst chaotisches Ausgabeverhalten an den Tag, soweit die Kommissarin das beurteilen konnte. Die Aussicht, mit Grietje zusammen Dienst tun zu müssen, versetzte sie nicht gerade in euphorische Stimmung. Andererseits – dies schien momentan die einzig realistische Option zu sein. Also sagte Mona zu dem Vorhaben Ja und Amen. Aber Oltbeck war immer noch misstrauisch: »Ich verstehe nicht, warum Burkhardt und seine Verlobte überhaupt Kontakt mit Traun aufnehmen sollten. Wäre dies aus ihrer Sicht nicht viel zu riskant?«

»Das stimmt natürlich«, antwortete Enno, »aber wir wissen ja gar nicht, was diese Kriminellen noch im Schilde führen. Und der Mord an Nicole Böttcher ist nach wie vor ungeklärt. Daher sollten wir für alle Möglichkeiten gewappnet sein.«

»Also gut«, gab der Chef seufzend nach, »ich hoffe nur, dass diese Observierungsmaßnahme nicht in einem weiteren Reinfall mündet.«

Mit diesen Worten beendete er die kurze Besprechung.

»Reinfall?«, wiederholte Mona, als sie wenig später wieder mit Enno zusammen in ihrem Dienstzimmer war. Sie ergänzte: »Meiner Meinung nach ist es überhaupt kein Fehlschlag gewesen, dass du die Bombe durch deine Kamikaze Aktion unschädlich gemacht hast.«

»Zu viel der Ehre«, wiegelte der Oberkommissar ab. Außerdem sagte er: »Das Wichtigste ist doch, dass du das Duo jetzt weiterhin im Auge behalten kannst. Und ich werde wohl oder übel meinen Feierabend genießen müssen, damit mir die Überstunden nicht das Genick brechen.«

»Ich hingegen werde Grietje die frohe Botschaft übermitteln, dass demnächst bei ihr die Kasse klingelt.«

Mit diesen Worten ging Mona nach vorne ins Wachlokal, um mit der Polizeimeisterin zu sprechen. Grietje reagierte mit ihrer üblichen Lässigkeit: »Super, dann machen wir beide uns also einen richtigen Mädelsabend, Mona?«

Die Kommissarin verzog den Mund, als ob sie in eine saure Zitrone gebissen hätte: »Ja, Mädelsabend ist der richtige Ausdruck – bloß ohne Alkohol, und ohne weitere Frauen. - Das heißt, vielleicht ist ja später Tabea noch mit von der Partie - nämlich dann, wenn wir ihr die Handschellen anlegen können.«

»Das wäre zumindest ein Einsatz mit einer Menge *Action*«, gab Grietje hoffnungsvoll zurück. Mona unterdrückte ein Seufzen. Ihre junge Kollegin hatte zwar ein loses Mundwerk und war im persönlichen Umgang eher anstrengend, trotzdem gab es an ihren polizeilichen Fähigkeiten nichts zu kritisieren.

Kapitel 16

Mitternacht. Die Kommissarin hatte ein seltsames Gefühl von *Déjà-vu*, als sie gemeinsam mit Grietje auf der Lauer lag. Die beiden hatten sich an der Gödeke-Michel-Straße postiert, so dass sie das Ferienhaus im Blickfeld hatten. Ein Vorteil der Observierung bestand aus Monas Sicht darin, dass ihre Kollegin währenddessen die Klappe hielt – zumindest größtenteils. Im Haus der Verdächtigen brannte noch Licht. Mehrere Stunden lang war überhaupt nichts passiert, doch nun trat eine Gestalt aus der Tür heraus.

»Wenn sie mit dem Porsche Cayenne abhaut, sehen wir alt aus«, flüsterte die Polizistin Mona zu. Dies war der Kommissarin natürlich auch bewusst. Sie und Grietje waren nämlich nur mit Fahrrädern ausgerüstet. Doch eine Verfolgung in einem PKW in den nächtlich stillen Borkumer Straße würde zwangsläufig dazu führen, dass man sie sofort entdeckte.

»Manchmal muss man eben einfach Glück haben«, gab die Ermittlerin ebenso leise zurück, »siehst du das?«

»Klar, ich habe ja keine Tomaten auf den Augen«, gab die Polizeimeisterin auf ihre übliche Art zurück. Der Bewegungsmelder hatte jetzt die Lampe über der Eingangstür aktiviert. Die beiden erblickten Tabea Riebe, die in den zum Haus gehörenden Schuppen ging und mit einem Mountainbike zurückkehrte. Sie fuhr los, ohne die Rad-Beleuchtung einzuschalten. Mona und Grietje folgten ihr mit gebührendem Abstand. Tabea fuhr auf der Hindenburgstraße. Nichts deutete darauf hin, dass sie mit Verfolgerinnen rechnete. Mona konnte nur darüber spekulieren, was ihr Fahrtziel war. Nach Meinung der Kommissarin kam entweder Trauns Yacht oder das Ferienhaus von Anna Grimm in Frage - immer vorausgesetzt, dass die Ermittler mit ihren Vermutungen nicht völlig danebenlagen. Die Polizistinnen mussten sich noch weiter zurückfallen lassen, denn beim Abbiegen hatte sich die Verdächtige halb umgedreht.

»Verflixt – hat sie uns bemerkt?«, schimpfte Grietje mehr oder weniger leise.

»Wenn du weiterhin so schreist, dann ganz bestimmt«, erwiderte Mona gereizt. Doch die Befürchtung stellte sich als unbegründet heraus. Tabea radelte nun die Reedestraße hinab. Nach einer Weile bog sie ein zweites Mal ab – diesmal in den Störtebekerweg. Mona wurde von einem Gefühl der Genugtuung durchströmt. Es war gut, wenn sich

106

die eigenen Annahmen als zutreffend erwiesen. Sie und Grietje stoppten ihre Räder leise und gingen hinter einer Hecke auf der gegenüberliegenden Straßenseite in Deckung. Keine Sekunde zu früh, denn nun hielt Tabea vor dem Ferienhaus von Anna Grimm, stieg vom Rad und schaute sich suchend um. Anscheinend war sie immer noch nicht misstrauisch geworden, denn nun klopfte sie an der Tür. Im Erdgeschoss brannte Licht. Es dauerte nicht lange, bis geöffnet wurde und sie ins Haus schlüpfen konnte.

»Ich möchte zu gerne wissen, was die beiden miteinander zu besprechen haben«, dachte Mona laut nach.

»Worauf warten wir noch?«, erwiderte Grietje. Sie schien eine Antwort auf ihre Frage für überflüssig zu halten, jedenfalls überquerte sie die Fahrbahn und trat auf die Haustür zu. Mona wollt ihre junge Kollegen ermahnen, dass sie nicht einfach in ein Haus einbrechen könne. Aber andererseits – *Gefahr im Verzug* war ein dehnbarer Begriff. Und wenn es gelang, die beiden Täterinnen gewaltlos festzunehmen, dann lohnt es sich nach Monas Meinung, dafür auch gegebenenfalls eine Disziplinarstrafe zu riskieren. Grietje dachte vermutlich genauso, jedenfalls machte sie sich nun mit einem Stück Draht am Türschloss zu schaffen. Nach kurzer Zeit konnte sie die Klinke herunterdrücken und die Tür öffnen. Die Polizistinnen zogen ihrer Pistolen und schlichen dorthin, wo zwei weibliche Stimmen ertönten. Anna Grimm und Tabea Riebe saßen offenbar in der Küche, die Tür war nur angelehnt.

»Und du bist sicher, dass die Bullen nichts bemerkt haben?«, fragte Trauns Ex-Frau gerade.

»Nee, die glauben wirklich, dass eine falsche Polizistin bei uns aufgetaucht wäre«, erwiderte Burkhardts Verlobte. »Du hast mir aber immer noch nicht verraten, warum es mit Nicole nichts geworden ist. Olaf hat sich echt angestrengt, die Uniform besorgen zu lassen. Angeblich ist eine Polizistin ertrunken, sie wurde am Strand gefunden. Die sozialen Medien sind voll davon. War das etwa Nicole?«

»Ja, sie ist über Bord gegangen und konnte nicht schwimmen«, behauptete Anna Grimm. »Damit konnte niemand rechnen, oder? Sag mir lieber, warum du mich unbedingt persönlich sprechen wolltest.«

»Mir ist nicht wohl damit, die ganze Zeit das Lotos-Diadem mit mir herumzuschleppen«, lautete die Antwort. Tabea Riebe fuhr fort: »Wahrscheinlich bin ich einfach hysterisch. Als ich vorhin mit dieser kleinen Kommissarin am Strand war, hatte ich die ganze Zeit über

Muffensausen, dass die Tiara aus meiner Umhängetasche fallen könnte. Verrückt, oder? Mir wäre jedenfalls wohler, wenn du das Lotos-Diadem zunächst aufbewahren könntest. Wir sind ja schließlich Partnerinnen, oder?«

»Das mache ich gern. - Olaf wird hoffentlich im Verhör den Ball flach halten. Dass er mich in Wilfrieds Auftrag in die Luft jagen sollte, fand ich heftig genug. Er hat nichts mehr zu verlieren. Warum sollte er den Bullen nicht auch unsere kleine Transaktion stecken?«

»Weil ich dann ebenfalls hinter Gittern landen würde, Anna! Olaf ist ja mit Nicole zusammen gewesen, empfindet aber immer noch etwas für mich. Meine Verlobung mit Andreas habe ich deshalb gar nicht erwähnt. Dadurch würden die Dinge nur verkomplizieren.«

Anna Grimm lachte und erwiderte: »Du bist ja wirklich ein ausgekochtes Luder! - Gib mir das gute Stück, dieses Ferienhaus verfügt über einen Safe. Darin ist das Lotos-Diadem vor neugierigen Blicken sicher.«

»Ja, so ist mir wohler«, erwiderte Tabea Riebe. Es raschelte. Mona nickte Grietje zu, dann schob sie die angelehnte Tür mit dem Fuß auf, sprang in den Raum und richtete ihre Pistole auf die beiden Verbrecherinnen. Ihre Kollegin folgte direkt hinter ihr. Die Ermittlerin rief: »Polizei! Hände hoch und keine Bewegung. - Verbindlichsten Dank!«

Die letzten zwei Worte richtete sie an Burkhardts Verlobte, die völlig überrascht wirkte. Sie ließ sich die in ein samtenes Tuch gewickelte Tiara von Mona einfach aus den Fingern reißen.

»Man hätte Sie wirklich in die Luft jagen sollen, Frau Sander!«, stieß Anna Grimm wütend hervor. Wenn Blicke töten könnten, wäre für die Kriminalistin jede Hilfe zu spät gekommen. Mona hielt die Täterinnen mit ihrer Dienstwaffe in Schach, während Grietje sie durchsuchte.

»Darf ich Sie daran erinnern, dass die Bombe ursprünglich nur Sie beseitigen sollte?«, fragte die Kommissarin. Sie erwartete keine Antwort. Die junge Polizistin hatte bei Anna Grimm keine Waffen oder gefährlichen Gegenstände gefunden, daher legte sie der Festgenommenen nun Handschellen an. Nachdem Grietje auch Tabea Riebe durchsucht hatte, wurde die zweite Verdächtige ebenfalls gefesselt. Mona rief bei der Polizeiwache an: »Andreas Burkhardt sollte umgehend festgenommen werden, unter dem Verdacht des versuchten Versicherungsbetrugs. Es besteht unmittelbare Fluchtgefahr.«

Aiske Berend von der Nachtschicht versprach, sich umgehend darum zu kümmern. Nachdem die Kommissarin das Telefonat beendet hatte, steckte sie ihr Smartphone wieder ein. Die Polizeimeisterin betrachtete stolz die beiden verhafteten Frauen, die ziemlich mürrisch wirkten.

»Das war mal ein Mädelsabend nach meinem Geschmack!«, meinte Grietje.

*

Mona hatte es eher selten mit einer Täterin wie Anna Grimm zu tun. Diese Frau war einerseits ein Opfer, weil sie von Kress gefangen wurde und er sie hatte töten wollen. Andererseits sah die Kommissarin in ihr aber auch die Mörderin von Nicole Böttcher. Dieser Verdacht musste allerdings noch bewiesen werden. Am nächsten Morgen zog die Ermittlerin zusammen mit ihrem Kollegen eine Zwischenbilanz.

»Wie ich höre, konnte Burkhardt festgenommen werden, ohne dass er Widerstand leistete«, berichtete Enno und fuhr fort: »Er will sich nicht äußern und verlangt einen Anwalt.«

»Das kann er gern tun«, erwiderte Mona, »doch von dem Verdacht des versuchten Versicherungsbetrugs wird er sich nicht befreien können. Es war wirklich ein gutes Gefühl, das Lotos-Diadem in Händen zu halten. Ich habe es übrigens mal aufprobiert, bevor ich es dem Chef zur Aufbewahrung überlassen habe.«

Sie zeigte dem Oberkommissar ein Selfie, auf dem sie mit der Tiara auf dem Kopf zu sehen war.

»Du könntest glatt als Prinzessin durchgehen«, schwärmte Enno.

»Veralbern kann ich mich selbst«, gab sie zurück und knuffte ihn freundschaftlich in die Flanke. Dann wurde sie wieder ernst: »Ich wünschte, dass wir den Mordfall genauso leicht aufklären könnten wie den versuchten Versicherungsbetrug. - Wenn Anna Grimm einfach nur die Klappe hält, haben wir schlechte Karten. Bisher lässt sich ja noch nicht einmal beweisen, dass Nicole Böttcher sich überhaupt im Ferienhaus der Verdächtigen aufgehalten hat.«

Der Ostfriese hob den Zeigefinger: »Ja, aber wir hatten bis letzte Nacht auch keine Handhabe, um das Haus zu durchsuchen. Angesichts von Anna Grimms Verhaftung und ihrer nachgewiesenen Komplizenschaft mit Tabea Riebe dürfte es kein Problem sein, den mutmaßlichen Tatort von unseren Kriminaltechnikern auf links ziehen zu lassen. Ich bin sicher, dass sich Indizien finden werden. Die wenigsten Verbrecher sind bei der Spurenbeseitigung hundertprozentig erfolgreich.«

»Mit einem Geständnis rechne ich jedenfalls nicht«, befürchtete die Kommissarin. »An dieser Frau kann man sich die Zähne ausbeißen.«

»Vielleicht sollten wir zunächst die Frage beantworten, warum Traun seine Ex-Frau überhaupt in die Luft jagen wollte«, überlegte Enno. »Ihre Erklärung, dass er nicht alle Latten am Zaun hat, wolltest du ihr ja nicht abkaufen.«

»Nee, das war eine faule Ausrede, mit der Anna Grimm ihre eigene Rolle verschleiern wollte«, meinte die Ermittlerin. »Für mich steht fest, dass Traun im Hintergrund die Fäden gezogen hat. Er brachte Kress dazu, dessen Freundin Nicole in die geklaute Uniform steigen zu lassen. Aber ich verstehe noch nicht, was dann schiefgegangen ist. Es muss einen Streit zwischen Anna Grimm und Nicole Böttcher gegeben haben, als Traun und Kress noch gar nicht auf Borkum angekommen waren.«

»Wir sollten uns zunächst Tabea Riebe zur Brust nehmen«, riet der erfahrene Kriminalist, »denn ich halte sie für weniger nervenstark als Anna Grimm. Warum wollte sie unbedingt das Lotos-Diadem bei Trauns Ex-Frau unterbringen? Weil sie befürchtete, dass wir ihre Geschichte durchschauen könnten.«

»Gegenüber Anna Grimm tat sie so, als ob sie unsere Ermittlungen nicht fürchten würde«, berichtete Mona, »aber das war meiner Ansicht nach nur Gerede. Tabea ist ebenfalls eine Verbrecherin, die schon einiges auf dem Kerbholz hat. Aber Gewalttaten waren bisher nicht dabei, wenn ich es richtig sehe. Bei den früheren Raubdelikten war Kress der Mann fürs Grobe, sie musste nur den Lockvogel spielen. Wir sollten ihr verdeutlichen, dass sie durch ein Geständnis halbwegs glimpflich davonkommt. Oder denkst du, dass sie etwas mit Nicole Böttchers Tod zu tun hat?«

Enno erwiderte: »Das kann ich mir kaum vorstellen, obwohl beide Frauen – Nicole und Tabea – etwas mit Kress hatten oder gehabt hatten. Ich blicke bei diesem Beziehungsgeflecht noch nicht ganz durch.«

»Das geht mir genauso«, bestätigte die Kommissarin, »und wirklich interessant finde ich, dass Anna Tabea belogen hat. In ihrem Gespräch hat sie nämlich behauptet, Nicole wäre auf der Yacht gewesen und ins Wasser gefallen – also ein tragischer Unfall. Warum brüstet sie sich vor ihrer Komplizin nicht mit dem Mord? Dafür kann es nur einen

Grund geben – Anna befürchtet, dass Tabea in dem Fall auspacken würde. Es macht schon einen Unterschied, ob man an einem Versicherungsbetrug beteiligt ist oder eine Mörderin deckt. Und hier können wir ansetzen.«

Kapitel 17

Tabea Riebe wirkte bleich und übernächtigt, als sie wenig später den Ermittlern im Verhörraum gegenübersaß. Darüber wunderte sich die Kommissarin nicht. Die wenigsten Ganoven nutzten die Nacht im Arrest für einen ausgiebigen Schönheitsschlaf. Burkhardts Verlobte war in der Vergangenheit bereits in Haft gewesen. Sie hatte gewiss kein Interesse daran, diese Erfahrung allzu lange zu wiederholen. Die Verdächtige war mit Grietjes legendären Jagdwurststullen versorgt worden, außerdem stand ein Becher mit heißem Tee vor ihr. Sie machte einen geistesabwesenden Eindruck, während Enno sie über ihre Rechte belehrte. Die Befragung wurde als Audiodatei mitgeschnitten.

»Auf einen Rechtsverdreher kann ich wohl verzichten«, meinte Tabea mit einem süßsauren Lächeln auf den Lippen, »in dem Moment, als Sie sich das Lotos-Diadem geschnappt haben, ist unsere Geschichte wie eine Seifenblase geplatzt.«

»Das hätte ich nicht schöner ausdrücken können«, erwiderte Mona, »aber um den versuchten Versicherungsbetrug geht es jetzt nicht. Stattdessen möchten wir mir Ihnen über den Mord an Nicole Böttcher sprechen.«

Tabeas linkes Augenlid begann nervös zu zucken: »Was soll das bedeuten, Frau Sander? Nicole ist ertrunken, weil sie nicht schwimmen konnte.«

»Das ist die Version, die Anna Grimm Ihnen aufgetischt hat – das konnte ich mit meinen eigenen Ohren hören«, sagte die Kriminalistin, »wir gehen von einem Tötungsdelikt aus. Nicole ist nämlich nicht über Bord gegangen, weil sie gar nicht auf Trauns Yacht war.«

Diese Information schien Tabea wirklich zu überraschen. Sie kam der Ermittlerin jetzt ernsthaft beunruhigt vor.

»Damit habe ich nichts zu tun!«, beteuerte sie.

Enno schlug vor: »Erzählen Sie uns bitte erst einmal, wie die ganze Geschichte ablaufen sollte.«

»Mein Ex-Freund Olaf Kress arbeitet für Wilfried Traun«, begann Tabea, »und wir stehen immer noch in losem Kontakt zueinander. Wir haben uns also nicht im Streit getrennt.«

»Es gab keinen Stress wegen seiner neuen Freundin Nicole Böttcher?«, vergewisserte Mona sich. Tabea schüttelte den Kopf: »Nein – Olaf ist kein Mann, wegen dem eine Frau ihr Leben umkrempelt. Übrigens bin ich selbst ja inzwischen mit Andreas

Burkhardt verlobt. Aber seine Geschäfte laufen schlecht, er braucht dringend Geld. So entstand der Plan, den Raub des Lotos-Diadems vorzutäuschen. Und Nicole sollte die Polizistin spielen, die sich das Schmuckstück unter den Nagel reißt.«

»Haben Sie Nicole persönlich kennengelernt?«, warf Enno ein.

»Ja, ein einziges Mal in Bremerhaven, Herr Moll. - Ich stand ihr neutral gegenüber, empfand weder Sympathie noch Abneigung. Sie sollte einfach den Raub begehen, das Lotos-Diadem aufbewahren und es uns wenig später zurückgeben.«

»Wie kam es zu dem Diebstahl der Polizeiuniform?«, wollte Mona wissen. Tabea zuckte mit den Schultern: »So genau weiß ich das nicht, die Frage wird Ihnen Olaf beantworten können. Er sagte nur einmal, dass er jetzt eine Montur bekommen hätte, die Nicole perfekt passen würde. Mein Verlobter und ich fanden den Plan gut – es wäre einleuchtend, dass Andreas eine Polizistin einfach in unser Ferienhaus lassen würde. Aber dazu kam es ja nicht mehr.«

»Wie erfuhren Sie von Nicoles Tod?«, hakte die Kommissarin nach.

»Anna Grimm rief Andreas an und teilte ihm mit, dass es auf Trauns Boot zu einem Unfall gekommen wäre«, lautete die Antwort, »sie schlug vor, den ursprünglichen Ablauf beizubehalten – nur eben ohne eine Frau in Uniform.«

»Wie kam überhaupt der Kontakt mit Anna Grimm zustande?«, wollte Enno wissen. Tabea sagte: »In ihrem Ferienhaus sollte das Treffen stattfinden, bei dem wir die Tiara zurückerhalten hätten. Daher war uns auch ihre Mobilnummer bekannt.«

Die Mordverdächtige hatte also Burkhardt belogen. Mona führte sich den Ablauf vor Augen: »Ist Ihnen bekannt, ob Ihr Verlobter Annas Version überprüft hat – zum Beispiel, indem er Kontakt mit Traun aufnahm?«

»Das weiß ich nicht, Frau Sander.«

Es würde aber einen Sinn ergeben, dachte Mona. Traun erfuhr durch Burkhardt von der Lüge und reimte sich zusammen, dass Nicole von seiner Ex-Frau umgebracht wurde. Daraufhin baute er die Bombe und beauftragte Kress damit, Anna in die Luft zu jagen. Aber konnte es sich wirklich um eine spontane Aktion gehandelt haben? Nein, denn der Honda Civic war ja von dem zweiten Komplizen schon vor Tagen am Hafen geparkt worden. Vielleicht war der Mord an Nicole nur das Tüpfelchen auf dem i gewesen, damit Traun sich zum Anschlag auf seine Ex-Frau durchrang. Während ihr diese Überlegungen durch den

Kopf gingen, setzte Enno die Befragung fort: »Erwähnte Ihr Verlobter denn, dass es bei Nicoles Tod nicht mit rechten Dingen zugegangen sein könnte?«

»Nein, und deshalb sind wir weiterhin nach Plan vorgegangen. Ich schlug Andreas mit einem der Bilder im Wohnzimmer auf den Kopf. Die haben ja alle so einen stabilen Rahmen. Den wischte ich sauber und hängte das Bild wieder an seinen Platz zurück. Es blutete stärker, als wir uns das vorgestellt hatten und einige Tropfen landeten auf meinem Oberteil. Ich zog ein Strandkleid an und versteckte den blutigen Pulli in der Bunkerruine. Danach kehrte ich zum Ferienhaus zurück und alarmierte Polizei und Rettungsdienst. Den Rest kennen Sie.«

»Warum könnte Anna Grimm Nicole Böttcher umgebracht haben?«, wollte Mona von Tabea wissen. Die Verbrecherin hob die Schultern: »Ich habe beide Frauen kaum gekannt. Wenn ich etwas wüsste, würde ich es Ihnen sagen. Mit Mord will ich nichts zu schaffen haben.«

*

Das Verhör wurde zunächst beendet. Wenig später saßen die Kommissare bei ihrem Vorgesetzten und brachten ihn auf den neuesten Stand.

»Es ist ja sehr erfreulich, dass die Komplizin des Versicherungsbetrugs geständig ist«, meinte Oltbeck, »aber zur Motivlage bei dem Mord an Nicole Böttcher tappen Sie immer noch im Dunkeln, oder?«

»Wir konnten Anna Grimm noch nicht befragen, weil sie einen Strafverteidiger verlangt hat«, erklärte Enno. »Soweit ich weiß, wird der Jurist nicht vor dem späten Nachmittag einfliegen können. Er hat angeblich einen vollen Terminkalender.«

Mona sagte: »Wir können die Zeit aber nutzen, um Anna Grimms Ferienhaus kriminaltechnisch untersuchen zu lassen. Ich habe schon mit dem Vermieter gesprochen, er ist kooperativ und überlässt uns die Schlüssel. Unter den jetzigen Umständen müssten Sie eigentlich umgehend einen Durchsuchungsbeschluss von der Staatsanwaltschaft bekommen.«

Die Aussicht, mit der von ihm so sehr verehrten Staatsanwältin Frau Dr. Elisabeth Becker telefonieren zu dürfen, schien die Laune des Chefs bedeutend zu heben. Offenbar war der vorherige Versuch, das

Dokument ausgestellt zu bekommen, gescheitert. Aber Oltbeck war nicht so leicht zu bremsen.

»Ja, darum kümmere ich mich umgehend«, erwiderte er, »und was ist mit diesem Andreas Burkhardt?«

»Der schweigt wie eine Auster, aber da seine Verlobte ihn belastet hat und wir uns im Besitz des Lotos-Diadems befinden, dürfte dies zu verschmerzen sein«, gab der Ostfriese zurück. Monas Smartphone klingelte. Sie sprang auf, verließ das Büro des Dienststellenleiters und schloss die Tür. Auf dem Flur nahm sie das Telefonat an. Dr. Fabian war am Apparat: »Guten Morgen, Frau Sander. - Es geht noch einmal um unsere gestrige Begegnung ...«

Der Kommissarin lief ein eiskalter Schauer über den Rücken. *Bitte keine Liebesbekundungen am frühen Morgen,* dachte sie. Der Strafverteidiger fuhr fort: »Ich war gestern Abend bei meinem Mandanten in der Arrestzelle und habe ihm eindringlich seine Lage vor Augen geführt. Seine Loyalität zu seinem Arbeitgeber scheint zu bröckeln. Zumindest mir gegenüber hat er eingeräumt, den Sprengstoffanschlag nicht auf eigene Faust durchgeführt zu haben. Ich weiß nicht, ob ich Ihnen das überhaupt verraten darf. Und man muss damit rechnen, dass Herr Kress heute Morgen seine Meinung schon wieder geändert hat. Er scheint ein Mensch zu sein, der sich leicht beeinflussen lässt ...«

Also, so sollte sich ein Rechtsanwalt gegenüber einer Polizistin über seinen Mandanten definitiv nicht äußern, schoss es Mona durch den Kopf. Doch sie führte Dr. Fabians letzten Satz auf seine Unerfahrenheit zurück. Sie erwiderte: »Wir sollten es auf einen Versuch ankommen lassen. Ich bin jetzt auf der Wache. Wann können Sie hier sein?«

Der Strafverteidiger antwortete: »In einer halben Stunde. Ich werde mich dann noch kurz mit Herrn Kress besprechen und hoffe, dass er weiterhin Einsicht zeigt. - Bis später also, Frau Sander. Ich freue mich!«

Davon bin ich überzeugt, dachte die Ermittlerin. Sie fühlte sich Dr. Fabian gegenüber immer noch etwas schuldig – aber wenn sein Mandant jetzt auspackte, hatte sich ihr Vorstoß wenigstens gelohnt. Sie beendete das Gespräch und kehrte in Oltbecks Büro zurück, wo sie von dem Anruf berichtete.

»Sehr gut, dann werde ich jetzt die Kriminaltechniker losschicken und mir den Durchsuchungsbeschluss holen«, verkündete der Chef und griff zum Telefonhörer. Die Kommissare gingen hinaus, um sich auf das nächste Verhör vorzubereiten.

»Wenn Kress wirklich seinen Herrn und Meister verrät, dann können wir heute eine weitere Verhaftung vornehmen«, stellte Enno fest, »dann hätten wir alle Beteiligten hinter Gitter gebracht.«

»Nicole Böttchers Tod scheint Kress wirklich aus der Bahn geworfen zu haben«, meinte Mona. Sie fuhr fort: »Wir müssen ihm klarmachen, dass seine Aussage zur Überführung der Mörderin seiner Freundin beitragen kann.«

Die Geduld der Ermittler wurde noch ein wenig auf die Probe gestellt. Sie gingen die bisher bekannten Fakten durch und tranken einige Tassen Tee, während Dr. Fabian auf der Polizeistation eintraf und sich mit seinem Mandanten zusammensetzte. Für die Kommissarin verging die Zeit gefühlt besonders zäh, bis sie schließlich Kress und dessen Verteidiger im Verhörraum gegenübersaß. Der Muskelmann war nur noch ein Schatten seiner selbst. Er schien im Arrest um mindestens zehn Zentimeter geschrumpft zu sein, was natürlich unmöglich war. Kress hockte krumm auf seinem Stuhl, als ob er eine Zentnerlast auf seinen Schultern tragen müsste. Er schaute den Kommissaren nicht in die Augen, sondern starrte stumpfsinnig auf die Tischplatte. Im Gegensatz zu ihm wirkte Dr. Fabian geradezu energiegeladen. Vermutlich war er stolz darauf, seinen Schützling zu dem einzig richtigen Schritt überredet zu haben. Vielleicht freute er sich auch einfach nur darüber, Mona wiedersehen zu können – wenn auch unter rein beruflichen Vorzeichen. Darüber wollte sie nicht so genau nachdenken. Nachdem Enno auch Kress über dessen Rechte belehrt hatte, sagte der Verteidiger: »Herr Kress möchte seine vorherige Aussage abändern.«

Einen Moment lang schien es, als ob der Verbrecher die Worte seines Anwalts gar nicht wahrgenommen hätte. Doch dann öffnete er den Mund und begann zögernd: »Also, das war gar nicht meine Idee, die Ex meines Chefs in die Luft zu jagen ...«

»Wie kam es denn überhaupt dazu?«, wollte Enno wissen.

»Ich hab gemerkt, dass in der Nacht jemand hinter mir her ist«, antwortete Kress, »und dann hab ich Ihre Kollegin ausgetrickst und sie k. o. geschlagen. Stolz bin ich darauf nicht, aber es ist nun mal passiert.«

»Und dann wollten Sie Anna Grimm und mich in die Luft jagen«, stellte Mona stirnrunzelnd fest.

»Tut mir leid, aber Sie hätten mir in die Quere kommen können«, murmelte Kress, »aber die Bombe habe ich nicht gebaut. Das war nämlich Traun. Und er hat mich mit dem Job beauftragt.«

»Waren Sie gar nicht in Sorge um Nicole Böttcher? Hielt sie sich nicht zeitweise in Anna Grimms Ferienhaus auf?«

»Doch, Frau Sander, »aber Traun versicherte mir, dass sie schon fort wäre, um die Sache mit dem Schmuck über die Bühne zu bringen.«

Die Ermittlerin überlegte: Zu diesem Zeitpunkt musste Traun schon gewusst haben, dass Anna Grimm Nicole Böttcher umgebracht hatte. Warum verschwieg er dies gegenüber seinem Helfer? Wahrscheinlich, weil er eine unberechenbare Reaktion von Kress befürchtete. Es war ihm sicherer erschienen, ihren Tod zu verschweigen. Mona erinnerte sich an den Moment, als sie Kress das Foto seiner toten Freundin gezeigt hatte. Es war offensichtlich, dass er nichts über ihr gewaltsames Ende wusste.

»Lassen Sie uns einen Schritt zurückgehen«, schlug Enno vor, »wie kam es denn überhaupt dazu, dass Nicole Böttcher sich eine Polizeiuniform anzog?«

»Manche Dinger lassen sich leichter drehen, wenn man sich als Bul … äh, Polizist ausgibt«, behauptete Kress, »aber die Uniformen aus den Kostümverleihen können Sie vergessen. Als ich mich vor einiger Zeit mit einem Freund in Diepholz traf, hatte ich Nicole dabei. Er meinte, dass sie dieselbe Figur wie eine Polizistin aus dem Ort hätte. Er könnte uns eine Uniform von ihr beschaffen, wenn für ihn etwas dabei herausspringt. Ich gab ihm grünes Licht, und wenig später kam er mit der Montur zu mir. Er hatte nicht gelogen, Hose und Bluse passten wie maßgeschneidert.«

»Hat dieser Freund auch einen Namen?«, hakte Mona nach.

»Klar, den möchte ich aber nicht nennen.«

Die Kommissarin war überzeugt davon, diesen Mann später mithilfe der Diepholzer Kollegen trotzdem ermitteln zu können. Die Stadt war nicht groß, die Anzahl von Kriminellen überschaubar. Eine Verbindung zu Kress würde sich garantiert herausfinden lassen. Doch momentan ging es hauptsächlich um Traun.

»Nun besaß also Nicole die Uniform, wie sollte es dann weitergehen?«, wollte der Oberkommissar wissen.

»Sie fuhr nach Borkum und ging zu Anna Grimm ins Ferienhaus«, lautete die Antwort, »dort konnte sie sich umziehen und dann später im Schutz der Dunkelheit zu Burkhardt gehen, um sich das Geschmeide zu schnappen.«

»Ich verstehe immer noch nicht, warum Sie überhaupt das Risiko mit dem Diebstahl der Uniform eingegangen sind«, meinte Mona, »Burkhardt hätte von vornherein einfach nur behaupten können, von einer Polizistin abgezogen worden zu sein – wie er es jetzt auch getan hat. Das Haus in der Gödeke-Michel-Straße ist abgelegen, da muss man keine Zeugen fürchten.«

»Wir wollten die Uniform noch für weitere Coups benutzen«, erklärte Kress, »Nicole war ganz begeistert von den Möglichkeiten, die sich uns boten ...«

Er hörte sich traurig an, vermutlich dachte er an die letzten Begegnungen mit seiner Freundin zurück. Mona kam wieder auf Traun zu sprechen: »Wollten Sie gar nicht wissen, warum Anna Grimm in die Luft gejagt werden sollte?«

»Das war gar nicht nötig, Frau Sander. Wegen der Scheidung war mein Boss ohnehin schon sauer auf sie. Trotzdem spannte er Anna wieder für seine Geschäfte ein, als sie schon nicht mehr zusammen waren. Ich schätze, dass er auf ihre Rückkehr hoffte. Aber das klappte nicht, und vor einer Woche sagte er, dass sie nun ihre letzte Chance bekommen würde. Sie hat sich wohl nicht so verhalten, wie Traun es sich gewünscht hat. Deshalb war ich nicht wirklich überrascht, als er mir die Bombe präsentierte und mich mit dem Anschlag beauftragte.«

Die Kommissare konnten zufrieden sein, denn dank Kress' Aussage gab es nun zumindest einen begründeten Verdacht gegen Traun. Nun war es allerdings Dr. Fabians Mandant, der eine Frage hatte: »Wissen Sie schon, wer Nicole getötet hat?«

»Wir ermitteln noch, aber momentan ist Anna Grimm unsere Hauptverdächtige«, erklärte Mona. Sie fügte hinzu: »Fällt Ihnen ein Grund ein, weshalb sie die Tat begangen haben könnte?«

Kress' Blick wurde glasig. Wenn er Trauns Ex-Frau in diesem Moment in die Finger bekommen hätte, wäre es vermutlich schlecht für sie ausgegangen.

»Ich weiß nicht ...«, brachte er mit heiserer Stimme hervor, »ich kann mir höchstens vorstellen, dass Nicole wieder aussteigen wollte. Sie hielt die Sache mit dem Versicherungsbetrug für zu kleinkariert und unseren Anteil für zu dürftig. Nicole fand, dass man mit der Uniform noch ganz andere Sachen anstellen könnte. Ich erinnerte sie daran, dass der Coup mit Burkhardt ja nur der Anfang sei. Daraufhin wechselte sie das Thema, und ich dachte nicht mehr daran.«

Ob Anna Grimm ihr Mordmotiv preisgeben würde? Noch konnten die Ermittler ihr die Tat nicht nachweisen. Dass Nicole überhaupt im Ferienhaus der Verdächtigen gewesen war, hatte bisher nur Kress behauptet. Ob diese Aussage reichte, stand auf einem anderen Blatt. Der Strafverteidiger hatte sich die ganze Zeit über zurückgehalten. Nun sagte er: »Mein Mandant hat sich sehr kooperativ gezeigt. Daher beantrage ich nun, dass er umgehend auf freien Fuß gesetzt wird.«

»Darüber haben wir nicht zu entscheiden«, erklärte Enno, »aber beim Haftprüfungstermin wird ein Richter in Emden prüfen, ob Untersuchungshaft verhängt wird oder nicht. Beim jetzigen Stand ...«

Der Oberkommissar unterbrach sich selbst, als die Tür abrupt aufgerissen wurde. Mona rollte mit den Augen. Während der vergangenen Nacht hatte sie die Zusammenarbeit mit der jungen Polizeimeisterin zu schätzen gewusst. Aber in diesem Moment ging Grietje ihr einfach nur auf den Wecker.

»Siehst du nicht, dass wir mitten in einer Befragung sind?«, fauchte sie.

»Ja, tut mir leid«, entschuldigte die sommersprossige Kollegin sich, »aber Trauns Yacht brennt lichterloh. Ich dachte, das interessiert euch garantiert!«

119

Kapitel 18

Mit dieser Einschätzung hatte Grietje natürlich recht. Mona und Enno verabschiedeten sich hastig von Dr. Fabian und seinem Mandanten. Die Ermittlerin bat Oltbeck, umgehend Fährhafen und Flugplatz überwachen zu lassen. Falls Traun noch am Leben war, würde er gewiss Borkum fluchtartig verlassen wollen. Die Polizeimeisterin brachte Kress in seine Arrestzelle zurück, während die Kommissare hinausrannten und in ihren Dienstwagen stiegen. Enno ließ den Motor an und fuhr Richtung Hafen, wobei er Blaulicht und Sirene einschaltete.

»Haben wir jemanden übersehen?«, rief Mona, um das Geräusch zu übertönen. »War da noch ein weiterer Komplize auf freiem Fuß, der uns durch die Lappen gegangen ist?«

»Außer dem Emder mit dem Honda Civic fällt mir niemand ein«, erwiderte der Ostfriese in derselben Lautstärke, »und ich bin mir sicher, dass Traun selbst gezündelt hat. Er will Zeit gewinnen. Es dauert, bis das Feuer gelöscht ist. Und dann müssen wir uns vergewissern, ob noch Menschen an Bord waren. Währenddessen kann er sich in aller Ruhe aus dem Staub machen. Traun ist nicht dumm. Ihm musste klar sein, dass sein Vasall Kress früher oder später umfallen würde.«

Die Ermittlerin nickte grimmig. Sie fragte sich, ob das Feuer zu verhindern gewesen wäre. Die Antwort lautete: Nein. Auch sie war der Meinung, dass der Yachtbesitzer selbst das Feuer gelegt hatte. Den Polizisten waren die Hände gebunden gewesen, solange seine Mittäter nicht gegen ihn aussagten. Traun schien gespürt zu haben, was ihm demnächst blühte. Mona hatte jedenfalls nicht vor, ihn entkommen zu lassen. Als die Ermittler auf der Reedestraße fuhren, sahen sie schon von weitem den dicken schwarzen Qualm über den Hafenanlagen. Die Feuerwehr war bereits vor Ort. Enno brachte das Auto so nahe am Yachthafen wie möglich zum Stehen. Die beiden eilten zum Steg, an dem die *Anna Traun* lag - wobei sie sich einen Weg zwischen den Schaulustigen bahnen mussten. Sie wurden bereits vom Stegmeister erwartet.

»Das Feuer brach vor ungefähr zwanzig Minuten aus«, berichtete er aufgeregt, »plötzlich gab es an Bord der *Anna Traun* eine Art Verpuffung. Ein paar Bootsbesitzer und ich haben zunächst versucht, mit Handfeuerlöschern die Flammen in den Griff zu bekommen. Es war sinnlos. Ich weiß nicht, ob der Eigner oder andere Personen noch in der Kabine waren. Herausgekommen ist jedenfalls niemand. Und wir konnten auch nicht nachsehen, dafür war die Feuersbrunst zu stark.«

Genau das wird Traun beabsichtigt haben, vermutete die Kommissarin. Der Wind fachte die Flammen immer wieder an. Die Besatzungen der benachbarten Yachten hatten bereits die Leinen losgemacht, damit das Feuer nicht auf ihre Boote übersprang. Mona konnte die Hitze spüren, obwohl sie und ihr Kollege in sicherer Entfernung standen. Mehrere Feuerwehrleute in Schutzkleidung richteten ihre Wasserschläuche auf den Brandherd. Die Kommissarin bemerkte eine Pfütze zu ihren Füßen. Sie ging in die Knie, steckte einen Finger in die Flüssigkeit und leckte daran.

»Pfui Teufel, das ist Lösungsmittel!«, schimpfte sie.

»Eignet sich ganz hervorragend als Brandbeschleuniger«, stellte Enno fest. Die Ermittlerin wandte sich an den Hafenmeister: »Hast du den Eigner des Boots heute schon gesehen?«

Er schüttelte den Kopf. Mona wusste, dass der Yachthafen über ungefähr 250 Liegeplätze verfügte. Es war für eine einzelne Person unmöglich, das gesamte Areal die ganze Zeit über im Blickfeld zu behalten. Die Kommissarin versuchte, sich in Traun hineinzuversetzen. Er wollte zweifellos türmen, doch alle Verbrecher hatten hier das gleiche Problem: Borkum war eine Insel, und sowohl die Fähren als auch die Flugzeuge ließen sich leicht überwachen. Aber warum hätte Traun auf einem dieser Wege fliehen sollen? Es gab doch für einen Yachtbesitzer wie ihn eine viel naheliegendere Möglichkeit.

»Welche Boote werden heute noch auslaufen?«, fragte sie den Stegwart. Er blickte auf sein Klemmbrett: »Die *Jazz Queen* und die *Malinka* haben Tagesliegeplätze, die werden innerhalb der nächsten Stunden verschwinden. Momentan hat die Feuerwehr den Hafen allerdings aus Sicherheitsgründen gesperrt.«

»Umso besser!«, gab Mona zurück. »Jetzt müssen wir von dir nur noch erfahren, wo die beiden Yachten vertäut sind.«

»Die *Jazz Queen* hat mehr als zehn Meter Länge, sie ist da vorn an Steg eins«, erwiderte der Zeuge, »die *Malinka* misst nur sieben Meter, sie liegt an Steg drei.«

Die Kommissarin bedankte sich und ging gemeinsam mit ihrem Kollegen zu der imposanten zweimastigen Yacht hinüber.

»Wenn ich Traun wäre, würde ich mich als blinder Passagier an Bord dieses Prachtexemplars verstecken«, meinte Enno, während er auf die *Jazz Queen* deutete. »Es ist kein Problem, in einem unbeobachteten Moment aufs Deck zu springen – vor allem jetzt, wo alle Augen weit und breit nur auf die Feuersbrunst gerichtet sind. Ich wette, dass Traun darauf spekuliert hat. Er will nicht nur den Eindruck entstehen lassen, dass er in der Kabine seines Boots verbrennt, sondern zusätzlich auch noch für Ablenkung sorgen, damit niemand auf ihn achtet.«

Auf dem Vorderdeck stand eine ungefähr vierzig Jahre alte blonde Frau mit einer weißen Leinenhose und einem rot-weiß gestreiften Oberteil. Sie schaute die Ermittler fragend an.

»Ahoi!«, rief Mona und hielt ihren Dienstausweis hoch. »Wir sind von der Borkumer Polizei. Gehört Ihnen die *Jazz Queen*?«

»Ja, meinem Mann und mir«, lautete die Antwort.

»Wir müssten mal eben an Bord kommen«, sagte die Kommissarin. Sie wartete keine Antwort ab, sondern überquerte die kleine Gangway und betrat gleich darauf das Achterdeck. Die Eignerin kam zu den Ermittlern. Sie wirkte etwas irritiert. Enno dämpfte seine Stimme, als er sich an sie wandte: »Wir haben Grund zu der Annahme, dass sich ein blinder Passagier an Bord der *Jazz Queen* befinden könnte. - Wo ist Ihr Ehemann?«

»Jochen ist heute Morgen mit dem Rad in den Ort gefahren, um einige Besorgungen zu machen. - Von was für einem blinden Passagier sprechen Sie?«, fragte die Frau. Die Besorgnis stand ihr ins Gesicht geschrieben.

»Vielleicht irren wir uns«, schränkte Mona ein, »aber ich möchte Sie bitten, auf den Steg zu gehen und zu warten, bis wir Ihre Yacht durchsucht haben. Die Person, nach der wir Ausschau halten, könnte gefährlich sein.«

Die Kriminalistin hatte nicht vor, der Yachtbesitzerin Angst einzujagen – aber bei Traun musste man mit allem rechnen – wie bei einem verwundeten Raubtier, das in die Enge getrieben wird. Die Frau spürte, dass es den Beamten ernst war: »Also gut, ich ziehe mich an Land zurück.«

»Wir beeilen uns«, versicherte Mona. Sie zog ihre Pistole und stieg zu den Kabinen hinab. Dort war es weitaus geräumiger als an Bord der *Anna Traun*. Auf den ersten Blick konnte die Kommissarin nichts Verdächtiges feststellen. Sie schaute über die Schulter hinweg auf Enno, der ihr gefolgt war. Mit einer Geste forderte er sie dazu auf, weiter vorzurücken. Auch er wollte den Verdächtigen so schnell wie möglich verhaften, bevor noch weiterer Schaden entstand. Die Ermittlerin versuchte, sich so leise wie möglich zu bewegen. Die Yacht schwojte nur leicht im Hafenbecken, die Taue verursachten knarrende Geräusche. Ansonsten war außer dem Kreischen der Möwen und dem Knistern und Rauschen der Feuersbrunst am anderen Ende des Hafens nicht viel zu hören. Die Kommissarin blieb plötzlich wie angewurzelt stehen, denn ihr war ein Geruch in die Nase gestiegen, der nicht hierherpasste: Es stank penetrant nach Lösungsmitteln. Offenbar war etwas von der Flüssigkeit auf Trauns Kleidung gelandet, als er seinen Kabinenkreuzer abgefackelt hatte. Im hinteren Bereich unter Deck gab es einige Stauräume für Lebensmittel und Ausrüstung. Mona stieß mit dem Fuß eine der Luken auf. Traun wirkte sehr überrascht, als er plötzlich in ihre Pistolenmündung blickte.

»Kommen Sie heraus, Herr Traun«, forderte Mona. »Sie haben Ihre Yacht zwar zerstört, aber wir können Ihnen ein Obdach bieten. Ein sehr hübsches Einzelzimmer mit vergitterten Fenstern wartet auf Sie!«

Kapitel 19

Traun verweigerte die Aussage, was sein gutes Recht war. Er verlangte einen Anwalt, der aber erst am nächsten Tag auf die Insel kommen konnte. Dies war nicht ungewöhnlich. Es gab auf Borkum nur wenige Juristen, von spezialisierten Strafverteidigern ganz zu schweigen. Daher wurden die meisten Verdächtigen von Rechtsbeiständen vom Festland vertreten. Die Kommissare freuten sich zunächst einfach nur darüber, dass sie Traun gewaltlos hatten festnehmen können. Nachdem Enno den Verdächtigen nach Waffen und gefährlichen Gegenständen durchsucht hatte, schafften sie ihn zur Wache. Die Feuerwehr hatte inzwischen ihre Arbeit getan, allerdings hatte die *Anna Traun* nun eine schwere Schlagseite. Der Kabinenkreuzer würde vermutlich nicht mehr zu retten sein.

»Ich finde, dass wir uns jetzt ein Mittagessen verdient haben«, meinte der Oberkommissar, nachdem sich die Tür der Arrestzelle hinter Wilfried Traun geschlossen hatte, »bis zum Eintreffen von Anna Grimms Rechtsanwalt ist noch genügend Zeit.«

Mona erklärte sich einverstanden. Diesmal gingen sie zur Abwechslung in die *Brasserie Stadtschänke* in der Franz-Habich-Straße. Die Kommissare nahmen auf der Sonnenterrasse des gutbürgerlichen Lokals Platz. Von dort aus konnte man hervorragend die vorbeischlendernden Menschen beobachten. Mona bestellte einen Salat »Borkum Riff«, Enno entschied sich für das Kabeljaufilet mit Bratkartoffeln und Lauchgemüse. Während sie auf das Essen warteten, tranken sie wie üblich ein alkoholfreies Bier.

»Nun haben wir einige Festnahmen getätigt, aber die Mörderin konnten wir noch nicht überführen«, bilanzierte Mona.

»Anstiftung zum Mordversuch und Mordversuch sind ja auch nicht gerade Kavaliersdelikte«, stellte der Oberkommissar fest und nahm einen Schluck Bier, »Traun und Kress haben wir auf jeden Fall im Sack.«

»Das ist mir auch bewusst, aber Anna Grimm hatte bisher mehr Glück als Verstand«, gab seine Kollegin zurück. »Was machen wir eigentlich, wenn Traun weiterhin die Anstiftung zum Mord leugnet? Er wird seinem Handlanger wohl kaum eine schriftliche Arbeitsanweisung gegeben haben.«

»Nein, davon gehe ich auch nicht aus«, meinte Enno schmunzelnd, »aber wir sollten auf die Gerichtsbarkeit bauen. Kress hat die Weisheit nicht gerade mit Löffeln gegessen.«

»Da sagst du etwas!«, erwiderte Mona und fuhr fort: »Als Kress Anna Grimm und mich gefesselt hatte, machte die Frau eine abfällige Bemerkung über seine mangelnde Klugheit. Aber kurz zuvor behauptete sie, ihm noch nie persönlich begegnet zu sein. Woher wusste sie dann, dass er nicht so clever ist? Weil ihr Ex-Mann grundsätzlich nur Dummköpfe einstellt? Wenn ich besser zugehört hätte, dann wäre ich ihr gegenüber schon viel früher misstrauisch geworden!«

»Sei nicht so streng mit dir selbst«, mahnte der erfahrene Kriminalist, »du hattest gerade eins auf den Deckel gekriegt und wenig später wurde dir eine Bombe mit Zeitzünder unter die Nase gehalten. Da kann man schon mal solche Widersprüchlichkeiten aus den Augen verlieren.«

Sie wusste, dass ihr Kollege grundsätzlich recht hatte. Es handelte sich eben um einen Fall, bei dem die Zusammenhänge erst nach und nach deutlich wurden. Zum Glück bekamen die beiden wenig später ihr leckeres Essen serviert, und kamen auf andere Gedanken. Nachdem sie gezahlt hatten, kehrten die Kommissare zur Wache zurück. Als sie den Georg-Schütte-Platz überquerten, klingelte Monas Smartphone. Sie bekam eine Neuigkeit mitgeteilt, die ihr ein breites Lächeln aufs Gesicht zauberte. Enno schaute sie neugierig an.

»Jetzt kann ich dem Verhör von Anna Grimm viel gelassener entgegensehen«, behauptete sie. »Lass dich überraschen!«

»Mir wird wohl nichts anderes übrigbleiben«, meinte der Oberkommissar. Er wusste, dass er seiner quirligen Kollegin vertrauen konnte. Sie liebte es manchmal, die Geheimnisvolle zu spielen und mit einer wichtigen Information im entscheidenden Moment um die Ecke zu kommen.

*

Wie sich einige Stunden später herausstellte, wurde Anna Grimm anwaltlich durch eine Strafverteidigerin vertreten. Frau Dr. Ulrike Körner war eine resolut wirkende Dame um die sechzig, die Mona an ihre ehemalige Mathematiklehrerin erinnerte. Dafür konnte die Juristin natürlich nichts, aber die Kommissarin hatte in diesem Fach nicht gerade Glanzleistungen hingelegt. Doch darum ging es jetzt nicht. Nachdem alle im Verhörraum Platz genommen hatten und miteinander bekanntgemacht wurden, ging Frau Dr. Körner direkt zum Angriff über: »Ich verstehe nicht, was meiner Mandantin überhaupt zur Last gelegt wird. Mord? Diese Annahme ist absurd. Soweit mir bekannt ist, ertrank das Opfer – eine Todesart, die angesichts der abnehmenden Schwimmfähigkeit breiter Bevölkerungsteile leider nicht selten ist.«

Mona feuerte zurück: »In diesem speziellen Fall ertrank Nicole Böttcher aber nicht in der Nordsee, denn in ihrer Lunge befand sich Süßwasser.«

»Auf dieser Insel gibt es auch Seen und andere Binnengewässer«, gab die Rechtsanwältin hochnäsig zurück. Die Kommissarin schüttelte den Kopf: »Ich werde Ihnen sagen, was sich ereignet hat: Ihre Mandantin verabreichte Nicole Böttcher zunächst Benzodiazepin – in einer Dosis, die einen Elefanten hätte umkippen lassen. Danach steckte sie das wehrlose Opfer in die mit Wasser gefüllte Badewanne und ertränkte es. Anschließend wurde die Leiche zum Strand gebracht, um einen Tod auf hoher See vorzutäuschen.«

»Ich bin dieser Nicole Böttcher nie begegnet«, behauptete Anna Grimm, »wer etwas anderes sagt, lügt. Mein Ex-Mann verfolgt mich mit seinem Hass, er hat versucht, Frau Sander und mich in die Luft sprengen zu lassen. Sie sollten sich besser auf ihn konzentrieren.«

»Keine Sorge, wir haben Wilfried Traun bereits verhaftet«, warf Enno ein. Anna Grimm behielt ihr undurchdringliches Pokergesicht bei. Trotzdem glaubte Mona, sie durch diese Information verblüfft zu haben. Oder war das nur Wunschdenken? Die Kommissarin schüttelte den Kopf: »Während Sie auf Ihren Rechtsbeistand gewartet haben, wurde eine gründliche kriminaltechnische Durchsuchung Ihres Ferienhauses vorgenommen. Dabei sind meine Kollegen auf Schleifspuren gestoßen, die vom Badezimmer in Richtung Vordertür führen. Die Fasern des Kokosläufers wurden dadurch in eine bestimmte Richtung gepresst. Mit dem bloßen Auge kann man dies kaum wahrnehmen, aber unter dem Mikroskop ist es nachweisbar.«

»Darauf fußt Ihre Ermittlung?«, höhnte Frau Dr. Körner. »Für solche Veränderungen an der Auslegeware kann es völlig harmlose Erklärungen geben!«

Mona hielt ihrem Blick stand und erwiderte: »Ja, zweifellos – aber nicht für die Kokosfasern an der Kleidung der Toten. Und für die Haare, die wir im Badewannenabfluss sicherstellen konnten. Sie stammen eindeutig nicht von Frau Grimm selbst, sondern höchstwahrscheinlich vom Opfer. Wir haben bereits einen Abgleich durch das kriminaltechnische Labor Oldenburg beantragt. Außerdem hatte die Tote Spuren eines Badeöls in der Lunge. Genauer gesagt ‚Erfrischendes Limoncello‘, wie es in Ihrem Bad steht, Frau Grimm. Da waren wohl noch Reste in der Badewanne - so ein Öl kann ganz schön hartnäckig sein. - Und außerdem konnten die Kollegen ein fast leeres Fläschchen Benzodiazepin sicherstellen, auf dem sich die Fingerabdrücke Ihrer Mandantin befinden dürften.«

»Falls es eine andere Erklärung für diese Indizien gibt, entschuldigen wir uns natürlich jetzt schon«, fügte Enno hinzu.

Aber Anna Grimm öffnete den Mund und sagte: »Also gut, Sie haben mich festgenagelt.«

*

Für einen Moment herrschte Stille im Verhörraum, dann entwickelte die Anwältin hektische Aktivität: »Ich beantrage eine Unterbrechung, um mich erneut mit meiner Mandantin zu beraten!«

Die Kommissare verließen den Raum.

»Ist das jetzt ein gutes oder ein schlechtes Zeichen?«, dachte Mona laut nach.

»Da mir niemand einfällt, dem Anna Grimm den Mord in die Schuhe schieben könnte, bin ich nach wie vor zuversichtlich«, erwiderte ihr Kollege.

»Das ist ja bei dir nicht ungewöhnlich«, sagte die Kriminalistin. Aber auch sie hoffte natürlich auf ein umfangreiches Geständnis. Als die Ermittler kurze Zeit später wieder hereingerufen wurden, machte die Strafverteidigerin einen leicht verkniffenen Eindruck: »Meine Mandantin besteht darauf, die Ereignisse aus ihrer Sicht zu schildern. Es handelt sich um ein freiwilliges Geständnis, das beim Strafprozess entsprechend gewürdigt werden sollte.«

»Wir sind ganz Ohr«, versicherte Mona. Anna Grimm schien noch einen Moment lang nachzudenken, dann sagte sie: »Nach der Scheidung von Wilfried wollte ich ein ehrliches Leben führen, das müssen Sie mir glauben. Aber es ist nicht einfach … wenn man daran gewöhnt ist, sich mit illegalem Geld das Dasein angenehm zu gestalten, dann kann man nicht einfach an einer Supermarktkasse sitzen oder Regale auffüllen.«

Es gibt genug Menschen, die das Tag für Tag tun, ohne straffällig zu werden, dachte die Kriminalistin. Ihr war natürlich bewusst, dass Anna Grimm ihr Handeln möglichst überzeugend rechtfertigen wollte – im Zweifelsfall auch gegenüber sich selbst. Die Mörderin fuhr fort: »Mein Ex-Mann machte sich immer noch Hoffnungen, dass wir wieder zusammenkommen würden. Und ich ließ mich darauf ein, zumindest was ein gemeinsames Projekt anging.«

»Was genau meinen Sie damit?«, hakte Enno nach.

»Ich spreche von dem fingierten Raub des Lotos-Diadems, Herr Moll. Ich hatte dabei keine besonders entscheidende Aufgabe. Nicole Böttcher sollte sich nur vor und nach der Tat in meinem Ferienhaus aufhalten, um sich umzuziehen und dann mitsamt der Polizeiuniform wieder zu verschwinden. Aber als ich ihr begegnete, erkannte ich sofort, dass ich eine falsche Schlange vor mir hatte.«

»Verhielt sie sich seltsam?«, fragte Mona. Anna Grimm lachte, klang aber nicht amüsiert: »Ich glaube, sie hielt mich für ein Hausmütterchen, das von Tuten und Blasen keine Ahnung hat. Vielleicht wusste sie auch einfach nicht, dass ich viele Jahre mit einem ausgekochten Ganoven wie Wilfried Traun verheiratet war. Und ich kann es nicht ausstehen, wenn man mich nicht für voll nimmt. Trotzdem tat ich, als ob mich ihre herablassende Art nicht stören würde. Doch dann hörte ich ein Telefonat von ihr mit.«

»Mit wem sprach sie?«

»Das weiß ich nicht, Frau Sander. Es muss ein anderer krimineller Kumpel von ihr gewesen sein. Oder eine Frau, wer weiß. Jedenfalls äußerte sie sich sehr abfällig über Olaf, über Wilfried – und über mich. Mein Ex war für sie ein seniler Trottel, Olaf ein hirnloser Muskelprotz und ich eine alte Schachtel. Mit Beleidigungen kann ich umgehen, aber viel schlimmer war ihre Absicht: Sie wollte das Schmuckstück behalten und damit abhauen, uns allen eine lange Nase drehen. Da begriff ich, dass man diese Frau niemals in unser Vorhaben hätte einbinden dürfen. Sie musste sterben.«

»Durch die Diffamierungen war meine Mandantin natürlich sehr aufgebracht«, warf Frau Dr. Körner ein, die offensichtlich für ihr Honorar etwas tun wollte. Nach Monas Ansicht war der Mord eiskalt geplant gewesen, von einer Kurzschlusshandlung konnte keine Rede sein. Doch die Kommissarin hielt sich zurück und ließ die Täterin weiterreden: »Ich spielte die freundliche Gastgeberin. Als Nicole sich schon umgezogen hatte, spendierte ich ihr einen Drink. Sie trank arglos einen Cocktail, der eine hübsche Menge Benzodiazepin enthielt. Nicole sagte noch, dass ich wohl nicht mit Alkohol gespart hätte. Dann kippte sie um, als ob sie vom Blitz getroffen wäre. Ich musste nur noch die Badewanne mit Wasser füllen und ihren Kopf unter Wasser drücken. Ich glaube nicht, dass sie besonders viel mitbekommen hat.«

Die Gefühllosigkeit dieser Frau ging der Kommissarin auf den Wecker. Trotzdem musste noch eine Frage geklärt werden: »Was haben Sie mit Nicoles Sachen gemacht?«

»Die habe ich zusammengesammelt und weggeworfen. Das gilt auch für ihr Handy. Die Leiche brachte ich an den Strand, das war der schwerste Teil dieser Aktion. - Später habe ich dann gegenüber Burkhardts Verlobter behauptet, Nicole wäre auf hoher See ertrunken. Das war vermutlich nicht sehr klug von mir.«

»Ich kann Ihnen nicht widersprechen«, sagte Mona, »denn als Ihr Ex-Mann diese Lüge durchschaute, wollte er Sie töten lassen – und mich gleich dazu.«

»Früher oder später wäre es wahrscheinlich sowieso dazu gekommen«, behauptete Anna Grimm, »denn ich kenne Wilfried und bleibe bei meiner Behauptung: Wenn er mich nicht haben konnte, dann sollte mich auch kein anderer Mann bekommen.«

»Da kann ich Sie beruhigen«, meinte die Ermittlerin, »in der Strafanstalt werden Sie absolut sicher vor ihm sein.«

Darauf erwiderte die Mörderin nichts mehr. Mit wem Nicole Böttcher wohl vor ihrem Tod telefoniert hatte? Dies würde sich leicht herausfinden lassen, wenn erst einmal die Einzelverbindungsnachweise des Opfers vorlagen. Aber für den aktuellen Tag hatten die Kommissare ihren Dienst beendet. Nachdem Anna Grimm in ihre Zelle zurückgebracht wurde und Frau Dr. Körner sich verabschiedete, fragte Mona: »Wäre dieser Fall jemals zu lösen gewesen, wenn die Täterin ihr Opfer einfach in den Dünen verscharrt hätte?«

»Zum Glück war sie nicht so schlau, wie sie glaubte zu sein«, erwiderte der Ostfriese lächelnd.

ENDE

Ostfrieslandkrimi-Empfehlungen
des Klarant Verlages

Lernen Sie die Ostfrieslandkrimi-Serie »**Mona Sander und Enno Moll ermitteln**« von **Sina Jorritsma** kennen:

Friesische Inselidylle? Von wegen! Auf der ostfriesischen Insel Borkum lösen Kommissarin Mona Sander und ihr Kollege Enno Moll knifflige Mordfälle. Die emotionale Kommissarin geht bei der Verbrecherjagd gerne ihren eigenen Weg und scheut dabei kein Risiko … Bei der Krimireihe der Autorin Sina Jorritsma ist Hochspannung garantiert!

In der Serie sind bereits folgende Ostfrieslandkrimis erschienen:

»Friesenbraut«, Band 1
Taschenbuch-ISBN: 978-3-95573-557-9
eBook-ISBN: 978-3-95573-556-2

Auf der ostfriesischen Insel Borkum verschwindet eine Braut kurz vor der Eheschließung. Zunächst glauben die Kommissare Mona Sander und Enno Moll noch an einen dummen Streich. Aber wenig später wird das blutverschmierte Brautkleid gefunden. Ist die dunkelhaarige Schönheit einem Gewaltverbrechen zum Opfer gefallen? Die Inselkommissare finden Indizien, die aber nicht zusammenpassen. Hat der undurchsichtige Exfreund der Braut seine Hände im Spiel? Wer war an den geheimen Sex-Spielen im Ferienhaus beteiligt? Und welches Interesse verfolgt der machtbesessene zukünftige Schwiegervater? Dann findet die Polizei eine Leiche – und muss feststellen, dass die Dinge ganz anders sind, als sie auf den ersten Blick scheinen. Die Mörderjagd versetzt nicht nur die friedliche Nordseeinsel in Aufruhr, sondern wird auch zur persönlichen Herausforderung für Mona Sander. Sie wird selbst zur Zielscheibe des Mörders …

»Friesenkreuz«, Band 2
Taschenbuch-ISBN: 978-3-95573-552-4
eBook-ISBN: 978-3-95573-600-2

»Friesenlauf«, Band 3
Taschenbuch-ISBN: 978-3-95573-553-1
eBook-ISBN: 978-3-95573-618-7

»Friesenflirt«, Band 4
Taschenbuch-ISBN: 978-3-95573-542-5
eBook-ISBN: 978-3-95573-541-8

»Friesenwahn«, Band 5
Taschenbuch-ISBN: 978-3-95573-622-4
eBook-ISBN: 978-3-95573-623-1

»Friesenstalker«, Band 6
Taschenbuch-ISBN: 978-3-95573-688-0
eBook-ISBN: 978-3-95573-701-6

»Friesenjuwel«, Band 7
Taschenbuch-ISBN: 978-3-95573-764-1
eBook-ISBN: 978-3-95573-765-8

»Friesenwrack«, Band 8
Taschenbuch-ISBN: 978-3-95573-796-2
eBook-ISBN: 978-3-95573-797-9

»Friesenbarbier«, Band 9
Taschenbuch-ISBN: 978-3-95573-833-4
eBook-ISBN: 978-3-95573-832-7

»Friesenstrand«, Band 10
Taschenbuch-ISBN: 978-3-95573-875-4
eBook-ISBN: 978-3-95573-876-1

»Friesenlist«, Band 11
Taschenbuch-ISBN: 978-3-95573-934-8
eBook-ISBN: 978-3-95573-935-5

»Friesenblues«, Band 12
Taschenbuch-ISBN: 978-3-95573-954-6
eBook-ISBN: 978-3-95573-955-3

»Friesenanker«, Band 13
Taschenbuch-ISBN: 978-3-96586-009-4
eBook-ISBN: 978-3-96586-010-0

»Friesenkoch«, Band 14
Taschenbuch-ISBN: 978-3-96586-105-3
eBook-ISBN: 978-3-96586-106-0

»Friesenwürger«, Band 15
Taschenbuch-ISBN: 978-3-96586-146-6
eBook-ISBN: 978-3-96586-145-9

»Friesentango«, Band 16
Taschenbuch-ISBN: 978-3-96586-164-0
eBook-ISBN: 978-3-96586-172-5

»Friesenbrauer«, Band 17
Taschenbuch-ISBN: 978-3-96586-201-2
eBook-ISBN: 978-3-96586-202-9

»Friesendiebin«, Band 18
Taschenbuch-ISBN: 978-3-96586-276-0
eBook-ISBN: 978-3-96586-277-7

»Friesenpoker«, Band 19
Taschenbuch-ISBN: 978-3-96586-321-7
eBook-ISBN: 978-3-96586-322-4

»Friesenleiche«, Band 20
Taschenbuch-ISBN: 978-3-96586-355-2
eBook-ISBN: 978-3-96586-356-9

»Friesentrick«, Band 21
Taschenbuch-ISBN: 978-3-96586-408-5
eBook-ISBN: 978-3-96586-409-2

»Friesenschatz«, Band 22
Taschenbuch-ISBN: 978-3-96586-450-4
eBook-ISBN: 978-3-96586-451-1

»Friesenmagier«, Band 23
Taschenbuch-ISBN: 978-3-96586-485-6
eBook-ISBN: 978-3-96586-486-3

»Friesenruine«, Band 24
Taschenbuch-ISBN: 978-3-96586-513-6
eBook-ISBN: 978-3-96586-514-3

»Friesenraub«, Band 25
Taschenbuch-ISBN: 978-3-96586-549-5
eBook-ISBN: 978-3-96586-550-1

»Friesenrichter«, Band 26
Taschenbuch-ISBN: 978-3-96586-560-0
eBook-ISBN: 978-3-96586-561-7

»Friesenhummer«, Band 27
Taschenbuch-ISBN: 978-3-96586-614-0
eBook-ISBN: 978-3-96586-615-7

»Friesenkugel«, Band 28
Taschenbuch-ISBN: 978-3-96586-627-0
eBook-ISBN: 978-3-96586-628-7

»Friesendolch«, Band 29
Taschenbuch-ISBN: 978-3-96586-649-2
eBook-ISBN: 978-3-96586-650-8

»Friesengeiz«, Band 30
Taschenbuch-ISBN: 978-3-96586-667-6
eBook-ISBN: 978-3-96586-668-3

»Friesendiva«, Band 31
Taschenbuch-ISBN: 978-3-96586-689-8
eBook-ISBN: 978-3-96586-690-4

»Friesenteich«, Band 32
Taschenbuch-ISBN: 978-3-96586-700-0
eBook-ISBN: 978-3-96586-701-7

»Friesensilber«, Band 33
Taschenbuch-ISBN: 978-3-96586-707-9
eBook-ISBN: 978-3-96586-708-6

»Friesenfisch«, Band 34
Taschenbuch-ISBN: 978-3-96586-742-0
eBook-ISBN: 978-3-96586-743-7

»Friesenduell«, Band 35
Taschenbuch-ISBN: 978-3-96586-764-2
eBook-ISBN: 978-3-96586-765-9

»Friesenwürfel«, Band 36
Taschenbuch-ISBN: 978-3-96586-795-6
eBook-ISBN: 978-3-96586-796-3

»Friesenradio«, Band 37
Taschenbuch-ISBN: 978-3-96586-831-1
eBook-ISBN: 978-3-96586-832-8

»Friesenartist«, Band 38
Taschenbuch-ISBN: 978-3-96586-847-2
eBook-ISBN: 978-3-96586-848-9

»Friesenpolizistin«, Band 39
Taschenbuch-ISBN: 978-3-96586-853-3
eBook-ISBN: 978-3-96586-854-0

Klarant Verlag

Lernen Sie die Ostfrieslandkrimi-Titel des Klarant Verlages kennen und besuchen Sie uns im Internet unter:

www.ostfrieslandkrimi.de

und

www.klarant.de

Sie können dort Näheres über unsere Autorinnen und Autoren erfahren, viele weitere interessante Bücher und eBooks finden und Leseproben herunterladen. Mit dem kostenlosen Newsletter auf

www.ostfrieslandkrimi-lesen.de

erhalten Sie aktuelle Informationen rund um das Verlagsprogramm, wie beispielsweise spannende Neuerscheinungen und Gewinnspiele.